作文自學班

U0108944

我寫的遊記

中華教育

我寫的遊記

印務：劉漢舉
排版：陳美連
裝幀設計：小草
責任編輯：練嘉茹

出版 / 中華教育

香港北角英皇道 499 號北角工業大廈 1 樓 B

電話：(852) 2137 2338 傳真：(852) 2713 8202

電子郵件：info@chunghwabook.com.hk

網址：http://www.chunghwabook.com.hk

發行 / 香港聯合書刊物流有限公司

香港新界荃灣德士古道 220-248 號

荃灣工業中心 16 樓

電話：(852) 2150 2100 傳真：(852) 2407 3062

電子郵件：info@suplogistics.com.hk

印刷 / 美雅印刷製本有限公司

香港觀塘榮業街 6 號海濱工業大廈 4 字樓 A 室

版次 / 2018 年 10 月第 2 版

　　　　2023 年 4 月第 3 次印刷

規格 / 32 開（210mm x 148mm）

ISBN / 978-988-8513-94-9

目錄

序一

靈感哪裏來？

　　我是一個兒童文學創作人，經常會與小讀者見面，這些可愛的小粉絲們，往往以仰慕的眼神望着我，不勝疑惑地問：「你寫那麼多作品，靈感從哪裏來啊？」

　　「來自生活！」我簡單直接地回答。

　　靈感來自生活？對！首先訓練自己有一雙敏銳的眼睛，留心觀察周圍的人和環境，你會發現一些別人看不到的事物或現象。如果你用心記下來，用筆記本速寫下來，用照相機拍下來……日積月累，便成為寫作的素材，是一個採之不盡的靈感寶庫。

　　我寫《奇異的種子》，因為我曾經親手把一粒粒芝麻般大小的番茄種子，嘔盡心血地將它們栽種成枝繁葉茂的植物，而且結出纍纍的鮮紅番茄。

　　我寫《會哭的鱷魚》，因為八十年代的沙田城門河污染得很厲害，我為此心痛，便化身成一條哭泣的鱷魚，引起小讀者對環境的關注。

我寫《一個快樂的叉燒包》，因為我看到兒童文學家何紫先生吃叉燒包時面上流露出的滿足感，這份吃的快樂感染了我。我想像自己是這個叉燒包，感受到食物帶給人的快樂，因此我樂意做一個快樂的叉燒包。

　　收集在中華書局出版的《作文自學班》系列三冊中的一百多篇文章，分為人物、景與情和遊記，都可以說是「生活寫作」，靈感來自小作者的生活經驗，加上想像力，配合寫作技巧，篇篇具有創意，是一次難得的佳作展示。我很欣賞！

嚴吳嬋霞

獲獎兒童文學作家及資深出版人
香港親子閱讀書會會長
香港兒童文藝協會名譽會長

序二
靈感這裏找！

從前，城中有句熱話：「人生有幾多個十年，最緊要過得痛快！」

但在快樂的校園裏，學生最不痛快的是上作文課，每次看見黑板上的題目時，總是不知如何下筆，不是左顧右盼，便是偷偷地與鄰座的同學談話。時間不知不覺地溜走，到快要下課的時候，有些同學只能趕快草草了事，勉強交出一篇沒有內容、沒有條理、字數不足的文章，有些甚至拖延一兩天也交不出來。

同樣，老師每次收到這些作文後，也十分煩悶，面對要批改一大疊內容空洞、枯燥乏味的文章，其不痛快處實在難以言表，可是這工作卻周而復始，永遠停不了。

中華書局出版的《作文教室》，收集了很多篇小學生的優秀作品，分類有記敍文、描寫文、實用文和創意寫作，共有120位小作者，是一輯很好的作文示範系列書籍，小讀者閱後思維必會擴闊不少。此系列出版不久，便榮登十大暢銷書榜。

有了上一輯成功的經驗，中華書局再接再厲推出《作文自學班》，內容共分三冊：《我寫的景與情》寫四時怡人景色，不論晴天雨天，都令人喜愛；《我寫的人物》把人物刻畫入微，描寫得淋漓盡致；《我寫的遊記》帶我們遊覽了不少地方，令人流連忘返。當中有名師對每篇文章作出點評與批改，也有總評與寫作建議，最難能可貴的是，每書設有多個「作文加油站」，內裏提供「詞彙寶盒」、「佳句摘賞」、「寫作小錦囊」及「互動訓練營」。相信只要用心閱讀，讀者的作文技巧便會大有進步。倘有家長從旁提點，收效將會更大。老師如在作文課中引用作範文講授，定能令學生如獲明燈指引，文思敏捷。

語云：「開卷有益。」選讀《作文自學班》能幫助讀者充實自己，加添創意。作文成績一向理想的同學，可以精益求精，百尺竿頭，更進一步；成績一般的同學經過加油，以後作文的時候，便能得心應手，痛快得多了。

謝振強

聖公會基顯小學前總校長（1975-1997）

聖公會呂明才紀念小學前總校長（1997-2005）

聖公宗（香港）小學監理委員會總幹事

聖公宗（香港）小學監理委員會《春雨》季刊主編

① 遊濕地公園

學校：九龍塘宣道小學
年級：小四
作者：李煒楓

作文

在剛過去的星期天，爸爸、媽媽和我一起到元朗濕地公園遊玩。那天早上，我們乘坐巴士到了元朗，再轉乘輕鐵去濕地公園。在路上，爸爸告訴我，濕地公園單是戶外生態區已佔地六十一公頃，可讓我們體驗這個奇妙的濕地生態世界。

到達園地後，我們先往訪客中心天頂遠眺整個濕地生態區。當天風和日麗，天朗氣清。那裏有嬌豔奪目的花朵，有青翠嫩綠的草地，有鳥兒婉轉的歌聲，令人感覺很舒暢。

之後，我們到「貝貝之家」

點評

● 開頭簡單交代時間、地點、行車路線，以爸爸對濕地公園的介紹引起下文。

● 居高臨下，寫整體觀感。

● 排比修辭，用語雅致，敘事描寫抒情融為一體。

● 略寫三處景點。

探訪小灣鱷。貝貝在戶外水池裏自由自在地暢泳，我便為牠拍照留念。接着，到了「觀鳥屋」，我拿着望遠鏡靜靜地觀賞，只見幾隻白鷺從遠處飛來，在水面上盤旋，好像在跳芭蕾舞似的，姿態十分優美。我們繼續向前走，去到紅樹林浮橋上，只見招潮蟹在泥灘上橫行漫步覓食，彈塗魚不停地活蹦亂跳，真的多麼有趣。

● 擬人手法寫白鷺起舞。

● 抓住對象特點寫其動作，用語精煉。
● 病句，改為「多麼有趣」或「真有趣」。

我們向前拐了一個彎，便到了「蝴蝶園」。園裏有很多美麗的蝴蝶在花間飛舞，牠們有的在玩捉迷藏，有的在採花蜜，真是忙個不停。我印象最深刻的是，有多個蛹掛在樹枝上，其中的一個蛹正在扭動尾股，我被牠深深吸引了，於是目不轉睛地等待着。小蝴蝶終於破蛹而出，伸出了一對小觸鬚，接着牠的身體便慢慢拱了出來，那一刻我的心情無比興奮。過了數分鐘，小蝴蝶濕潤的身體展開了一雙色彩

● 詳寫蝴蝶園。

● 對偶＋擬人修辭，語言內涵豐富。

● 描寫蝴蝶破蛹而出的全過程。細緻描寫蝴蝶動作的同時，不忘提及觀者的感受，使讀者產生身臨其境的感覺。
● 結尾呼應開頭。

斑斕的翅膀，轉眼間牠便飛到花朵上自由自在地採花蜜，令我感到很奇妙。可惜園地開放時間已到，我只能依依不捨地離開。

和家人一起到<u>濕地公園</u>遊玩，我不僅舒展了身心，享受到大自然風光，還學習了很多濕地生態知識，並體驗了小蝴蝶破蛹而出的奧妙，真是大開眼界！

● 長句概括總結全文，為末句的議論抒情做鋪墊。

總評及寫作建議

本文主要寫了遊<u>濕地公園</u>所見的美景及所學的知識。

這是一篇很不錯的遊記。小作者採用移步換景的方式寫了自己參觀<u>濕地公園</u>的各個景點。儘管寫了很多景物，但是在小作者極具匠心的安排下，每一部分的景物描寫各有特色，小作者對修辭手法的運用、詞語的選擇也非常用心。

第二段總寫整體觀感時，着重突出的是明朗的天氣和環境的清幽，對象為花草等植物，用詞講求雅致優美，寫出濕地公園給人帶來的整體美感，中心詞是「舒暢」；第三段為略寫，寫作對象無一例外為動物：小灣鱷、鳥、魚、蟹，着重以豐富的感情寫牠們的動作，描形的目的是為了繪「神」，中心詞為「自由」；第四

段詳寫蝴蝶園，採用先面後點的寫法，重點寫「化蝶」的場景，語言簡潔流暢，中心詞是「奇妙」。可看出小作者在選材和佈局上下了不少功夫，因此才能不斷地給讀者帶來新奇的感受。而「舒暢」、「自由」、「奇妙」的感受，在敍事寫景的同時也傳達出來了。

這樣，簡潔的敍事，生動的寫景，恰到好處的抒情，清新不失文雅的語言，給讀者帶來了最美妙的享受。

2 乘熱氣球

學校：九龍塘宣道小學
年級：小四
作者：羅嘉琳

作文 ▶

去年暑假，我們一家人到澳洲旅行。出發前，我感到無比的興奮和好奇，因為這次旅行有一個非常特別的活動——乘坐熱氣球。

到了澳洲，一個天氣晴朗的早上，我們乘坐旅遊巴士，向着乘坐熱氣球的目的地進發。從車裏往外看，道路兩旁參天的大樹整齊地排列着，綠油油的草地上佈滿了晶瑩剔透的露珠，十分可愛。

經過一個小時的車程，我們終於到達了目的地——一片一望無際的大草原。這時，工作人員

點評 ▶

● 開頭簡約，直接交代旅行目的，表明自己興奮和好奇的感受。

● 寫路途所見。

● 此處寫景不實，露珠只有近處才可觀察到，而此處寫的卻是車外的遠景。

● 寫到達目的地的情景。

已在忙碌地做着準備工作，他們有的正為熱氣球準備燃料，有的正用一把特製的大風扇來協助打開巨大的降落傘，有的在用精密的儀器觀察着天氣的變化⋯⋯

● 排比句寫工作人員的準備工作。

一切準備就緒後，我們便進入一隻能容納八個人的大籃子裏。隨着熱氣球緩緩地升空，藍天、白雲跟我們的距離逐漸拉近，彷彿一伸手就能觸摸到它們。從高空俯瞰，美麗的風景盡收眼底，只見整個城市規劃得井井有條。小得像螞蟻般的車子不停地在縱橫交錯的道路上行駛，五顏六色的房子像一塊塊小積木，或整片或零星地分佈在不同的地方，草地、樹木呈現出統一的綠色，排佈錯落有致，令城市顯得格外美觀和環保，空氣也特別的清新，使人倍感舒服。

● 詳寫乘坐熱氣球的情景。

● 仰視：寫藍天白雲，表現氣球飛升之高。

● 俯瞰：先總寫後分寫。

● 比喻、排比修辭寫出景物的形狀、顏色。

● 情景交融，寫整體感受。

這是我第一次乘坐熱氣球，這一經歷給我留下了深刻的印象。如果在不久的將來，香港也能有這種活動，那該多好啊！

● 以希冀結尾。

總評及寫作建議

　　文章介紹了一種奇特的旅遊活動——乘坐熱氣球，由此也帶來了奇特的景物觀感。

　　文章在詳略安排上非常恰當，除去全篇佈局合宜（略寫路途所見與準備工作，詳寫高空賞景，首尾呼應）外，段落內部的詳略安排也很精當。第四段中，小作者對藍天白雲一筆帶過，而俯瞰的景物因為觀察的視角發生了變化，所以詳寫，同時選擇車子、房子、花草樹木等最為常見的城市景物來寫，並結合修辭手法予以表現，將其非同平常的樣子呈現於讀者眼前，引發讀者聯想，是文章的成功之處。

　　不過，如果更多地從感官角度去寫景物，如乘坐熱氣球時聽到了甚麼？真的觸摸到白雲了嗎？甚麼感覺？相信文章在寫出「別致之景」方面還能有所突破。

③ 記一次到外地旅行的經歷

學校：九龍塘宣道小學
年級：小五
作者：鍾潔琳

作文

點評

　　今天，我打開房間裏的櫃子，見到一張舊舊的、有點灰塵的照片，我把它拿起來抹了一抹，咦？原來是我到九寨溝拍下的照片。一看見它，九寨溝旅行的經歷就清晰地浮現在我的眼前……

- 以回憶開頭，用照片引出九寨溝之旅，別致新奇。

　　第一天，我和三個朋友到了第一個景點——黃龍。那裏的海拔高達四千多米，我們步行四個多小時才到達山頂。黃龍漂亮極了，大大小小的水池高低錯落，水的顏色五彩繽紛，綠的、藍的、黃的……我忍不住偷偷伸手觸摸那「五顏六色」（指示牌上寫明「不能

- 重點寫黃龍的水。
- 列數字的方法寫出山高路遠。
- 詳寫水，從形狀、位置到顏色、觸感，多角度表現景物特徵。
- 「五顏六色」，借代修辭，以特徵代整體，以水的顏色代水。

觸摸」），哇！水就像冰一樣冷，不由乖乖縮回手來，看來這裏真是「不能觸摸」的呀！放眼一望，這裏簡直就是一座「黃龍水晶宮」，而我，就置身在這童話仙境中浮想聯翩……

第二天，我們到長海（一個深達八十八米的湖泊）旁騎馬。四周青山環繞，腳下綠草如茵，山和樹都你不讓我、我不讓你地在長海裏照鏡子呢，真美呀！我坐在馬背上，在綠色的海洋快樂地暢游……

那次愉快的旅程，讓我體會到了大自然的美。我相信，如果每個人都能竭盡所能關心大自然，愛護大自然，那麼我們就世世代代都可以享受這美好的一切了！

●使用比喻修辭，聯想與想像手法寫出自己的感受。

●寫到長海旁騎馬。

●對偶句使語言增加整齊感，短句與長句交錯，且與比喻、擬人、迴環修辭融為一體，語言顯得活潑。
●「在綠色的海洋暢游」為借喻修辭。

●事後感想、美好祝願結尾。
●由旅遊話題轉而寫到環保話題，表現小作者思考的深入。

總評及寫作建議

　　本文主要寫在<u>九寨溝</u>遊玩體會到的大自然之美。

　　文章雖然簡短，卻處處可見驚喜。開頭的巧妙新奇，結尾引發讀者思考的感悟，都可見小作者行文獨特的一面。

　　在小作者精心選材和靈活的安排下，文章佈局詳略得當，重點突出。很多小學生在寫遊記時，往往容易將見到的所有內容全都列入寫作提綱，惟恐遺漏，卻忘記最有代表性的景物才是最有價值的寫作對象。

　　本文通篇都只圍繞<u>九寨溝</u>著名的「水」來寫，從不同角度表現其不同特點，難度非常大，但小作者卻處理得很好，寫「水」的手段靈活多變。第二段詳細直接寫水，第三段簡略間接寫水；從感官的多種角度表現<u>九寨溝</u>水的特點；使用比喻、借代、對偶、迴環等修辭手法豐富語言，用詞準確簡明，語言清新活潑。

　　儘管重點寫水，小作者在關注「點」的同時，也寫到了「面」。從「童話仙境」與「綠色海洋」兩處借喻，可看到<u>黃龍</u>、<u>長海</u>的整體畫面。

　　惟一的遺憾是，小作者在結尾處未能呼應開頭的「照片」，如能加上一兩句關於照片的內容，就可使文章結構更加嚴謹。

4 # 泰山遊

學校：仁愛堂田家炳小學
年級：小五
作者：蔡栢熹

作文 ▶

　　每當我聽到別人提起「旅遊」這兩個字，就不禁想起那次遊覽泰山的經歷。

　　幾年前，我們一家和親友到山東青島旅遊，而我最期待的就是登上雄峙於山東中部的泰山，看看這座受過古代帝王封禪的歷史名山，究竟是不是像詩文中所描述的那樣，山勢雄奇、景色優美。

　　那天一大早，我們便乘車去到泰山腳下。一下車，巍峨的泰山便聳立在我們眼前。從山下往上看，泰山的宏偉令人歎為觀止。「不愧是五嶽之首啊！難怪登泰山就像登長城一樣，是許多中國人的

點評 ▶

● 以他人言語引起回憶，倒敘開頭。

● 總寫泰山的特點。

● 以個人的心理期待設置懸念，引起下文；插入封禪的歷史細節，增添了人文氣息。

● 略寫在山下仰視泰山。

● 「聳立」與「巍峨」相照應，寫出了泰山的雄偉。

● 通過語言描寫，傳遞人文信息，點出泰山在中國名山中的地位。

11

夢想呢！」就在我驚歎不已的時候，表哥已迫不及待地替我拍了好幾張照片。

接着，我們乘坐旅遊巴士往泰山上走。車駛過了一段彎彎曲曲的山路，我們便下了巴士轉乘吊車。坐在「搖搖欲墜」的吊車上，起初，我嚇得閉上眼睛不敢往下看，但在好奇心的驅使下，還是鼓起勇氣，慢慢地睜開了眼睛。嗱！原來泰山已在我們的腳下了。我俯首遠望，只見在山下綠油油的樹林中，本來傲然屹立的高樓，早已變成一顆顆小豆了！

● 詳寫乘坐吊車俯首遠望泰山。

● 用暗喻修辭將高樓比作豆子，量詞、疊詞使用準確生動。

十多分鐘後，我們抵達山上的車站。下了吊車，我抬頭往上一看，啊！原來上面還有一段好長好長的山路，真令人望而生畏。我們一步一步地往上爬，捱了不到二十分鐘，婆婆和姨母就已經走不下去了，於是她們決定中途休息一下，

● 詳寫泰山上走山路的辛苦歷程。

● 「好長」是口語表達，且反覆，準確表達了驚歎且難捱的情感。
● 列數字的說明方法及婆婆、姨母的放棄，反襯了山高路遠。

而我們其他人則繼續登山。

幾經辛苦，我們終於到達了泰山之巔，看到了那寫着「海拔三千米」的標誌。站在山頂，山風撲面而來，令人有乘風飛升的感覺。極目遠眺，羣峯已在我腳下，真是「會當凌絕頂，一覽眾山小」！一股自豪感油然而生。

● 寫登上泰山之頂後的所見所感。

● 引用詩句，表達登頂的自豪。

雖然這已是幾年前的事了，但當時我們奮力登山的情景仍然歷歷在目，泰山氣勢雄偉的風景實在令人難以忘懷。

● 總結全文，重申泰山的雄奇特色。

總評及寫作建議

本文主要寫登泰山的情景。

本文圍繞泰山的雄偉高峻大做文章，從耳聞到目睹，從仰視到俯視再到親身接觸，不斷變換觀察的視角，多層次、多角度地寫出了泰山氣勢上的特點，十分引人入勝。

文章敍述有條不紊，詳略得當，中心突出，讀來一氣呵成。

除了運用多種修辭手法描寫泰山的天然氣勢與自然風光，小作者還努力開掘材料，在描寫泰山的自然美景的同時，插入了相關的人文素材，如有關泰山的歷史、地位、詩句評價等，很好地豐富了文章的內涵。

乘坐纜車暢遊昂坪

學校：仁愛堂田家炳小學
年級：小六
作者：李善宜

作文 ▸

去年暑假，<u>戴晴</u>、<u>銘欣</u>和我及家人一起到<u>東涌</u>遊覽<u>昂坪</u>。

一到纜車站，我們就被漂亮的車廂吸引住了。<u>車廂呈藍色，四面鑲了透明的玻璃，內有銀白色的座位，看上去清爽美麗，遊客坐在車廂內就可以欣賞到車下怡人的景色。</u>我們在車內坐好後，<u>呼呼！纜車開動了！</u>

在車上，我們看到山下<u>綠油油的樹林</u>及<u>寬闊的草地</u>，感到心曠神怡。幾分鐘後，纜車升到半空，俯視下面，我們看到了<u>蔚藍遼闊的大海</u>，遠處，是<u>香港國際機場</u>。在陽光的照射下，那銀色的機場大樓

點評 ▸

● 開門見山，交代遊覽的時間、地點和人物。

● 寫纜車的外形。
● 從視覺角度描述車廂的色彩。

● 擬聲詞表現激動的心情，「開動」一詞引起下文。

● 先總後分，簡寫樹林、草地、大海，詳寫香港國際機場，再略寫郊野公園。

● 使用表顏色的形容詞描繪景色。
● 描寫機場場景，動景與靜景相結合。

閃閃發光，而跑道盡頭，有一班航機已經起飛了。看到了這特別的「一飛衝天」，我們都十分興奮。

接着，我們俯瞰滿目蒼翠的北大嶼山郊野公園，公園內有小橋流水，環境清幽，令人十分嚮往。

經過二十五分鐘的愉快旅程，我們終於到達了昂坪市集。在昂坪市集，我印象最深的是那古色古香的建築物，其園林設計襯托出昂坪獨特的文化氣息，那裏每一間商店的外形都是參考中國古代的涼亭設計的，外形十分獨特。

● 寫昂坪市集。

● 舉例說明建築物的古色古香。

在市集上走了大概五分鐘，我們看到了天壇大佛。大家辛辛苦苦地爬上二百六十級階梯，來到高高在上的大佛腳下。佛像坐在蓮花座上，滿月一樣的臉呈金黃色，身軀則是青銅色的，顯得莊嚴肅穆，令人心生敬畏。雖然大佛身上已經開始出現鏽痕，但我們仍能感受到它的威嚴和氣勢。

● 詳寫觀賞天壇大佛。

● 描寫大佛的肖像與神情，「高高在上」一語雙關，既寫實際的高度，也寫出其俯視人間的肅穆神態。

黃昏時分，我們依依不捨地　　●直接抒情結尾。
跟昂坪說「再見」，心裏期待着能
重遊此地。

總評及寫作建議　▶

本文主要寫乘坐纜車以及下車遊覽昂坪的情景。

小作者在寫景上很具特色，擅長使用顏色詞及成語來表現景物的特點，同時採用簡筆與繁筆相結合、動景與靜景相結合的手法，來增強語言的表現力和感染力，如寫在纜車上看到的樹林、草地、大海、香港國際機場和郊野公園便是如此。

同時，本文在選材方面也很獨特。小作者在俯瞰部分，花費不少筆墨寫自然山水；到達昂坪後，又寫市集的建築風格和天壇大佛，這兩點皆從人文角度出發選材，前者以說明文字介紹其文化特性及歷史感，後者以描寫表現其莊嚴肅穆，這樣使得文章內容充實，結構也詳略安排適宜。

語言上，文章用詞講究，文辭生動，很有文采。

作文加油站

詞彙寶盒

體驗	遠眺	奧妙	忙碌	準備	協助	俯瞰	巍峨
聳立	驅使	雄壯	屹立	封禪	威嚴	舒展身心	
大開眼界	晶瑩剔透	參天大樹	一望無際	盡收眼底			
井井有條	縱橫交錯	錯落有致	五彩繽紛	高低錯落			
五顏六色	浮想聯翩	青山環繞	綠草如茵	竭盡所能			
歎為觀止	迫不及待	搖搖欲墜	歷歷在目	難以忘懷			
山勢雄奇	景色優美	心曠神怡	莊嚴肅穆	心生敬畏			

佳句摘賞

- 只見幾隻白鷺從遠處飛來，在水面上盤旋，好像在跳芭蕾舞似的，姿態十分優美。

- 佛像坐在蓮花座上，滿月一樣的臉呈金黃色，身軀則是青銅色的，顯得莊嚴肅穆，令人心生敬畏。雖然大佛身上已經開始出現鏽痕，但我們仍能感受到它的威嚴和氣勢。

- 站在山頂，山風撲面而來，令人有乘風飛升的感覺。極目遠眺，羣峯已在我腳下，真是「會當凌絕頂，一覽眾山小」！

寫作小錦囊

寫作時，在移動變換中引導讀者去領略各種不同的景致，不斷展現新的畫面，這種寫作手法叫做「**移步換景**」，如《遊濕地公園》一文便運用了這種手法。

同學們採用「移步換景」法描寫景物時，首先要把觀察點的變換交代清楚，這樣，讀者才能清楚地知道遊覽或參觀的路線；其次，要把移步中或移步後所見到的景物具體地展現出來，並注意圍繞一個中心展示不同的畫面，避免給人支離破碎的感覺；最後，還要注意進行精心的剪裁，要把一路上最有特色的景物描繪出來，放棄一般性的描寫，避免記流水賬。

互動訓練營

1. 選詞填空：

聳立	遠眺	俯瞰	雄壯
五彩繽紛	歎為觀止	搖搖欲墜	歷歷在目

(1) 站在泰山頂上＿＿＿＿＿＿＿下面，只見山下的房子都變得只有盒子般大小了。

(2) 我看着那片遼闊無際，鮮黃亮綠的花田，美不勝收，簡直讓人＿＿＿＿＿＿＿。

(3) 山崗上極目＿＿＿＿＿＿，看見無邊無際的海岸。

(4) 花園裏的花卉＿＿＿＿＿＿＿＿＿＿，真是好看極了。

(5) 這座老舊的建築由於年久失修，已經＿＿＿＿＿＿＿＿＿＿。

(6) 國慶大閱兵規模宏大，氣勢＿＿＿＿＿＿＿＿。

2. **下列哪個句子運用了「移步換景」的手法？**

（A）向小山的西面步行五十米，便來到一處竹林邊，隔着竹林，我們能聽到潺潺的水流聲。穿過了竹林，清澈的溪流便呈現在我們面前。

（B）荷葉好似碧綠的大圓盤。

（C）夏天的中午，蜜蜂在花園裏「嗡嗡」地飛來飛去，好像在得意地哼着歌。

（D）平靜的湖面好像一面明淨的鏡子。

答案：＿＿＿＿＿＿

3. 續寫下列句子：

（A）在海洋公園，我最喜歡＿＿＿＿＿＿＿＿＿＿＿＿＿
＿＿＿＿＿＿＿＿＿＿＿＿＿。

（B）第一次在海邊看夕陽，我看到＿＿＿＿＿＿＿＿＿＿＿
＿＿＿＿＿＿＿＿＿＿＿＿＿。

（C）如果每一個人都能夠真心熱愛大自然，＿＿＿＿＿＿＿＿
＿＿＿＿＿＿＿＿＿＿＿＿＿＿。

（D）去年暑假，我和家人＿＿＿＿＿＿＿＿＿＿＿＿＿＿＿
＿＿＿＿＿＿＿＿＿＿＿＿。

（E）黃昏時分，我們＿＿＿＿＿＿＿＿＿＿＿＿＿＿＿＿＿
＿＿＿＿＿＿＿＿＿＿＿＿＿。

6 英國之旅

學校：仁愛堂田家炳小學
年級：小六
作者：殷嘉蔚

作文

踏進飛機的客艙後，我便要回到香港了！回望窗外開闊的機場，看着手中相機屏幕上與同學的合影，我的淚水奪眶而出。我禁不住再次翻開日記，細細回味在英國學習的日子⋯⋯

「英國之旅」是我第一次離開父母，獨個兒去異國他鄉遊學，心情真是既緊張又興奮。終於到了登機的一天，和爸媽告別後，我登上了客機。很快，我便認識了一位新朋友，我跟她談天、看電視，好不容易才度過了十二個小時的飛行旅程。

飛機終於降落在英國希斯魯機場的停機坪上。面對停機坪的開

點評

● 倒敍開頭，回憶英國之旅，引起下文。

● 「踏進」、「回望」、「看着」、「淚水奪眶而出」、「再次翻開」、「回味」，一系列動作描寫，寫出不捨的心情。

● 寫去英國前緊張的心情及在飛機上度過的旅程。

● 三、四段寫抵達英國後不安和掛念父母的心情。

闊，我心裏空蕩蕩的，有說不出
的不安，不安的是我將要獨自在
英國學習、生活兩個星期，那種
複雜的心情實在難以形容！

此處的不安與前面相對愉快的「飛行」過程對比，更強化了忐忑不安的心情。

　　當時正值當地時間早上四時，
還未下榻，我便開始掛念父母，於
是迫不及待致電他們報平安。

細節描寫表現不安與思念。

　　之後，我正式開始了在英國
的學習之旅，與我一起上課的同
學來自於不同的國家，如奧地利、
俄羅斯、澳洲等。起初，大家聽
不懂對方的母語，交談時惟有施
展渾身解數，拚命作手勢，並配
合誇張的面部表情表達。隨着日
子一天天過去，大家漸漸明白了
對方的母語，但有時還是會鬧出
不少笑話，這亦成為我們相處的
樂趣。每天上課後，大家一同吃
飯、一同說笑，不經意間已度過
了兩個星期的學習生活。

寫在英國與同學們的學習、生活。

描寫生動。

哪些笑話？單純的敍述說明，缺少描寫，給讀者的印象模糊不清。

　　離開英國的前兩天，我們到
倫敦參觀了世界著名的大英博物

寫遊學結束後的參觀活動和惜別會。

館、倫敦眼等地方，<u>大家相處得很融洽</u>，想到彼此就要天各一方了，每個人都感到不捨，哭成了淚人！

　　從一開始的緊張、擔憂，到後來的愉悅，再到離別的不捨，這不但是一次難忘的遊學經歷，更是一次成長的歷程，不僅使我這朵「溫室小花」學會了獨立，更令我明白了友誼的可貴。

- 相處得怎樣融洽？
- 「哭成了淚人」，細節描寫形象地表現出彼此的深厚感情。
- 總結遊學的心情及感想，議論深刻。

總評及寫作建議

　　本文主要寫了兩週的英國遊學之旅，折射出小作者的成長歷程。

　　對於英國遊學之旅，小作者非常自然地以情感作為貫穿全文的線索，從緊張不安到戀戀不捨的變化過程反映出小作者的個人成長。文章文字質樸自然，情真意切，結構上首尾呼應，主次合宜。

　　只是，在英國遊學過程中的趣事以及遊覽過程中的融洽，小作者未能有詳盡的描寫。如能將新穎有趣的內容寫出來，後文有關「友誼」的議論將更有力，只要能抓住其中一點，或者是某個具體的手勢，或者是眼神……結合修辭手段進行細緻的描寫，就可以達到效果了。

7 難忘的一天——遊毛里裘斯

學校：弘立書院
年級：小四
作者：熊婉婷

作文

春節期間，我們一家人到<u>毛里裘斯</u>去探望親友。

抵達<u>毛里裘斯</u>後，我們住進了預先訂好的酒店。酒店周圍景色怡人，旁邊是一個沙幼水清的海灘。蔚藍的天空，碧綠的大海，青翠的草地，還有樹上歌唱的鳥兒——好一幅美麗如畫的景象！<u>毛里裘斯</u>給我留下了美好的第一印象，在這裏的每一天都很令人難忘，不過我印象最深刻的還是那一天……

那天，我們乘坐玻璃底船去欣賞精彩的海底世界。我驚異地看到，滿身尖刺的海膽和五彩繽紛的魚兒，在形態各異的珊瑚間快樂地

點評

● 簡寫旅行的原因。

● 寫對毛里裘斯的第一印象。

● 先總寫後分寫，以顏色詞寫景，且先靜景後動景，使用排比修辭，寫出了景色的美麗。

● 設置懸念，引起下文。

● 首句總起，寫欣賞海底世界。

● 擬人手法寫魚兒的靈活動作及快樂，描寫細緻生動。

游來游去，調皮的小丑魚和彩虹魚你追我趕，彷彿在玩捉迷藏。奇異的海底世界真令我目不暇接。

● 間接描寫，表現海底世界的奇異。

欣賞過海底世界，返程時發生了一點意外：摩托機突然開不動了，我們被迫停留在大海上，未能立即啟程回岸。看到玻璃底船隨着海浪的起伏晃動不已，我的心七上八下的，既擔憂又緊張。這是這一天中最驚險的時刻。好在掌船人試了又試，終於開動摩托機，把船駛回了岸邊。

● 寫返程時發生的意外。

● 融情於景，寫船隨浪動，傳遞出不安的心情。

虛驚一場後，我們高高興興地回到岸上，赤足在晶瑩的細沙上步行。金色的陽光下，沙灘被照耀得閃閃發光。沙灘上，有人在拾貝殼，有人在釣魚，有人在堆沙，還有人靜靜地躺在吊牀上休息，好不悠哉。

● 寫回岸後的悠閒感覺。

● 「赤足步行」的動作間接表現了高興放鬆的心情；「閃閃發光」與「晶瑩」照應，寫出陽光的猛烈。

● 排比句描繪出沙灘上的場景，很有畫面感。

夜幕降臨的時候，我們沿着沙灘慢慢地走回了酒店，就這樣結束了在毛里裘斯最難忘的一天。

● 動作描寫結尾，呼應了前文。

● 「慢慢地」寫出了人物的悠閒和放鬆。

總評及寫作建議

　　本文主要記敘了在毛里裘斯旅行時度過的最難忘的一天。

　　文章短小精悍，寫毛里裘斯之遊，最大的特色是重點以描寫的表達方式寫景，而且將情感也融入其中，做到了情景交融。文章行文流暢，從酒店寫到海底，又從海底寫到沙灘，還將舒適到驚喜、緊張到放鬆，最後回復到悠閒的心情變化表現了出來。

　　遊記文章很容易寫成記流水賬，不分重點地羅列出遊玩的每一天，顯得毫無重點，而本文則避免了這一點，小作者別出心裁，選材獨特，選擇了遊玩期間印象最深刻的一天，進行詳細的記敘，並運用排比、擬人、間接描寫等寫作手法，將這一天的旅程表現得一波三折，十分難得。

　　還有，在描述毛里裘斯風光時，小作者選擇最具特色的海底世界和沙灘風景作為描寫的重點，修辭方法的恰當運用，使描寫很富有畫面感。

　　另外，本文語言靈活從容，描寫細膩，尤其是形容詞和副詞等修飾語的使用十分到位。

8 海南之旅

學校：弘立書院
年級：小五
作者：楊雨樂

作文 ▶

  利用假期，我和爸爸媽媽一起去了風景宜人的<u>海南</u>，準備好好遊玩一番。可惜天公不作美，剛一下飛機就陰雨綿綿，一直到我們離開海南，天都是陰沉沉的，沒有半點生氣，真令人大失所望，<u>不過這也讓我們領略到了海南的另一種風格。</u>

  那幾天遊覽過的景點真可謂各有千秋，有花草繁多的<u>蝴支洲島</u>，有讓人舒心養神的<u>南田溫泉</u>，有風景絕美的<u>南山</u>，還有沙灘潔白如銀的<u>亞龍灣</u>。不過，最令我大開眼界的要算是呀諾達熱帶雨林了。

  儘管依然有雨，我們還是在旅

點評 ▶

● 寫全家去<u>海南</u>遊玩。

● 欲揚先抑，寫糟糕的天氣，襯托出下文愉快的遊覽。

● 最後一句在下文照應不夠。

● 列舉遊覽過的景點。

● 使用排比修辭列舉景點，使用襯托手法突出強調雨林的風光。

● 總寫遊覽熱帶雨林。

行的最後一天去了熱帶雨林，希望能為這次旅行畫上一個圓滿的句號。

● 暗含比喻修辭，很形象。

我們乘搭一部電動車進入了雨林深處，車子緩緩地行駛着，樹木香味充盈着我身邊的每一寸空間，四周油綠色的樹木和小草隨着不時吹來的風擺動，猶如一羣好客的主人在歡迎我們的到來。電子導遊器播放着一首令人心曠神怡的音樂，我們經過每一個景點時，它都會自動播放景點介紹，餘下的時間則播放優美的音樂給遊人助興，可比厚厚的遊覽書要方便、實用多了。

● 分寫鑑賞雨林中花草樹木之美。
● 從不同感官角度寫景，包括嗅覺、視覺、聽覺等，同時運用擬人的修辭手法，寫花草樹木隨風搖擺的動態美。

下車後，我們開始遊覽，很快便來到了「空中花園」。那裏有一個吊橋，很寬，也很長，兩邊都是不知名的花和樹。可能是剛剛經過雨水的沖刷，桃色的花朵沾上了晶瑩透亮的水珠，散發着淡淡的芳香。

● 開始遊覽，寫「空中花園」，重點描述花美。
● 寫吊橋用簡筆、短句，寫花朵用繁筆、長句，繁簡、長短結合，暗含比喻修辭，多種手法的綜合運用，為文章增色不少；對花朵從顏色寫到味道，很生動。

接着走下去就可以見到「天狗引路」。遠望，你會覺得那只是一塊普通的巨石，可是等你走近了，便會驚奇地發現，它就像一隻站着的哈巴狗，吐着舌頭，右爪指着左方，真是可愛！我不禁暗暗感歎：「大自然真是一位技藝高超的雕刻家！」

● 寫奇石。

● 加入聯想和想像，採用肖像和動作描寫，寫出了石頭的形象。

順着路標，我們來到一個鐘乳石洞前，從洞表的坑坑窪窪來看，這個石洞想必年代相當久遠。就在這時，導遊器告訴我們，洞裏有一棵千年人參！我立刻拉着爸爸媽媽走進洞中。洞口很低，就連我都需要低着頭才能夠安全進入。可是找了半天，我們連半棵幼年人參都沒找到，只好失望地出了洞。

● 寫鐘乳石洞。

● 作比較說明洞口之低。

● 「幼年」採用仿詞修辭，與前面的「千年」相對，十分幽默。

導遊器又把「中華石」介紹給我們。那是一塊很大的壁石，上面清晰地印着中國地圖。在我們觀賞石頭上的地圖時，導遊器馬上播放起中華人民共和國國歌進行配

● 寫觀賞「中華石」。

合，真讓人心情振奮啊！

　　遊覽的過程中，我發現，這裏到處是樹木、河流、瀑布，小鳥清脆的鳴叫與河水潺潺的流動聲交融在一起，真是一幅和諧的自然畫卷。這次旅行讓我明白了一個道理：我們一定要保護大自然，保護身邊的一草一木，不然，我們可能再也不能看到這麼美麗的熱帶雨林，不能體驗在大自然中自在旅遊的快樂了！

● 結尾抒發感情。

● 先總寫景作為鋪墊：從物到人，從視覺到聽覺再到視覺；從排比到借喻，手法多樣，內容層次分明。後抒情議論：遊覽之樂得出關愛自然的結論，情感真摯。

本文主要寫了在海南遊覽熱帶雨林的所見所感。

文章通過側面的鋪墊，表達了對熱帶雨林風光的讚美，繼而採用移步換景的方法，直接描寫雨林美景，內容充實，文字流利。

小作者觀察仔細，寫景時細節描寫頗具匠心，如對桃色花朵的描寫；寫景後展開合理想像，融情於景，引人入勝。文章修辭手法運用靈活，詞彙豐富，句式多變，呈現出清新秀逸、樸素卻不落俗套的風格，值得同學們學習。

結構上，文章主體部分先寫乘車遊覽，再寫步行遊覽；由寫「美」（嬌花美樹）轉而寫「奇」（奇石怪洞），層次分明，脈絡清晰。結尾處集中地議論抒情，照應了前文，寫景部分又對全文進行了總結，全文首尾連貫，一氣呵成。

美中不足的是，文章開頭所寫的「海南的另一種不同風格」，在後文沒有具體的支撐，只有對花朵的描寫一段，點到了雨後景色之美，其他地方沒有關注「雨」中遊與「晴日」遊的不同，因此這個「伏筆」失去了效用，反而易引起讀者的疑問。因此，寫完文章後要反覆細讀，以發現照應不夠的問題。

9 迪士尼之旅

學校：協恩中學附屬小學
年級：小六
作者：林慧盈

作文

一輪緊張的考試後，懷着興奮的心情，我終於等到遊覽迪士尼樂園的大日子了。

踏進迪士尼，在悠揚悅耳的樂曲聲中，只見一眾童話故事人物塑像如灰姑娘、米奇老鼠、小熊維尼等迪士尼朋友，佇立兩旁，仿似在歡迎大家的來臨，令我有置身童話世界的夢幻感。

前面有一大羣遊人在排隊，頓時吸引了我的注意。原來迪士尼的主角——米奇和米妮老鼠正在和輪候的遊人拍照。我當然不甘人後，便也奮力擠進了排隊的人龍。

點評

● 開頭寫興奮的心情。

● 日子前多了「大」的修飾，寫出心中的無限期待與重視。

● 二、三、四段寫始進迪士尼的拍照、購買紀念品等活動。

● 從聽覺、視覺寫進門的所聞所見。

● 「擠」和「人龍」寫出人多。

拍完照，我開始逛<u>美國小鎮大街</u>。兩旁的歐陸式建築原來是賣紀念品的商店，琳瑯滿目的精品、七彩繽紛的文具、糖紙上繪滿調皮可愛的<u>迪士尼</u>朋友圖像的糖果，令人愛不釋手。於是，我也選購了數件精美的紀念品。

出了商店，美麗的「<u>睡公主城堡</u>」就在眼前了。穿過「城堡」的大門，便是「幻想世界」。<u>我坐上灰姑娘旋轉木馬，重溫公主和王子的浪漫故事；又到「蜜糖罐」裏進入小熊維尼的「幻想世界」，享受刺激的森林之旅；接着在《米奇幻想曲》中欣賞集視覺、聽覺、嗅覺於一體的諧趣表演</u>；之後，我進入「小小世界」，看到滿面笑容，穿着各種絢麗奪目的民族服裝的小木偶正在向遊人友善地打招呼，令我感覺好像真的在環遊世界呢！最後，我到毗鄰的劇場欣賞一齣大型的百老匯歌舞劇——《米奇金獎音

● 進入童真的「幻想世界」。

● 排比修辭，且不斷變換詞語，避免了語言的重複。

● 長句，修飾成分較多，寫出小木偶的神情肖像、動作。

樂劇》，現場星光熠熠，演員穿着華麗的服飾，使人真的有如身處一個大型頒獎晚會。

告別了充滿童真的「幻想世界」，我發現街道兩旁滿是遊人，原來遊行開始了。伴着耳熟能詳的迪士尼歌曲，服飾鮮豔的舞蹈演員載歌載舞而來，各位迪士尼朋友亦站在花車上徐徐向兩旁的遊人打招呼。隨着興奮的呼叫聲，大家的情緒更為高漲。

觀看完遊行表演，我又進入了充滿科幻意味的「明日世界」。在巴斯光年「星際歷險」中，我們和巴斯光年並肩作戰，對抗邪惡。我大顯身手，手中的鐳射槍射中了許多目標，最終獲得了「太空戰士」的榮譽。在「飛越太空山」的時候，我坐上過山車，在伸手不見五指的「星空」中極速穿梭，感受着驚心動魄的氣氛，聽着前後左右遊人的尖叫聲，我亦禁不住大呼小

● 雖然只有兩個短句的交代，但寫出了現場的熱鬧氣氛。

● 觀看遊行表演。

● 來到充滿科幻意味的「明日世界」。

● 以連串動作寫活動，非常形象，並伴隨有環境及心理活動的描寫。

叫起來。

緊張的心情還未平復，我又進入了原始的「探險世界」。坐上木船沿着激流探險，途經滿佈毒蛇猛獸的「森林」和噴火的「火山」，遭遇水中突然冒出的「鱷魚」，真是緊張又刺激。

　　● 進入原始的「探險世界」。

離開「探險世界」後，草草吃過一些東西，我便趕緊到「睡公主城堡」前佔據了一個可近距離欣賞煙花的有利位置。人人都在心儀的地點安坐，翹首以待。突然，天空中迸發出一團耀眼的光芒，伴隨着如雷的響聲，璀璨的煙花綻放開來，鮮豔的色彩、變化多端的圖案，亦幻亦真，令人歎為觀止。在人羣的讚歎聲中，持續二十多分鐘的煙花匯演結束了。

　　● 觀看煙花匯演。

　　● 首尾側面寫煙花匯演的精彩，中間直接從視覺和聽覺角度寫煙花的色彩、圖案，正側結合，描寫很有畫面感。

我們懷着興奮的心情而來，亦懷着興奮的心情離開。我心中亦期待着能再次暢遊迪士尼樂園……

　　● 照應開頭，寫自己期待與興奮的心情。

總評及寫作建議

本文主要寫了在迪士尼樂園遊玩的情景。

小作者用飽含真實情感的語言為我們描繪了一個既充滿了童真童趣，又富於激情和挑戰的魔幻世界——香港迪士尼樂園。文章使用移步換景的方法，寫出迪士尼不同景點的不同景觀，帶給讀者起伏跌宕的奇妙感受。

相對於一般的遊記文章，本文在語言上的特色比較明顯，小作者不斷變換用詞，對迪士尼進行了詳盡而細緻的描寫，無論人、事、物、景，都能給讀者留下深刻的印象。豐富的詞彙、多變的句式、不同的感官角度的切入和多種修辭手法的運用，將小作者細心觀察到的一切立體地表現了出來，尤其是寫「幻想世界」與「明日世界」兩部分時，小作者運用排比修辭，句式整齊，非常有氣勢。

迪士尼的景點非常多，小作者將景點都寫得非常仔細生動，但是，對每一個景點都詳細描述、平均用力的話，將難以讓人感受到重點所在，因此若能忍痛割愛，略寫某些部分，對某些內容進行詳寫，那麼文章詳略會更分明，中心會更突出。

作文加油站

詞彙寶盒

掛念	擔憂	歷程	晶瑩	佇立	驅使	重溫	諧趣
毗鄰	探險	心儀	璀璨	斑斕	暢遊	挑戰	掙扎
受困	流連	渾身解數	奪眶而出	忐忑不安	景色宜人
形態各異	美麗如畫	沙幼水清	陰雨綿綿	大失所望
各有千秋	大開眼界	心曠神怡	栩栩如生	坑坑窪窪
振奮人心	一草一木	無影無蹤	異國風情	精緻小巧

佳句摘賞

- 在金色的陽光下，沙灘被照耀得閃閃發光。沙灘上，有人在拾貝殼，有人在釣魚，有人在堆沙，還有人靜靜地躺在吊牀上休息，好不悠哉。

- 我坐上灰姑娘旋轉木馬，重溫公主和王子的浪漫故事；又到「蜜糖罐」裏進入小熊維尼的「幻想世界」，享受刺激的森林之旅；接着在《米奇幻想曲》中欣賞集視覺、聽覺、嗅覺於一體的諧趣表演。

- 人人都在心儀的地點安坐，翹首以待。突然，天空中迸發出一團耀眼的光芒，伴隨着如雷的響聲，璀璨的煙花綻放開來，鮮豔的色彩、變化多端的圖案，亦幻亦真，令人歎為觀止。

寫作小錦囊

　　寫作時，不直接說出要說的事物，而借用與它有密切關係的事物來替代，或用事物的局部替代整體、用整體替代局部、用具體替代抽象、用特徵替代本體，這種手法叫做「**借代**」。

　　「借代」可以繁代簡、以實代虛，使語言簡潔、生動、形象，突出人或事物的特徵，並喚起讀者的聯想。同學們平時可多練習運用這種手法，以增強語言表達的形象性。

 互動訓練營

1. 選詞填空：

挑戰	晶瑩	璀璨	佇立
你追我趕	形態各異	心曠神怡	無影無蹤

(1) 郊野公園內樹木有許多不同品種，＿＿＿＿＿＿＿＿＿，令我大開眼界。

(2) 郊外鮮花盛開，空氣清新，真使人感到＿＿＿＿＿＿＿。

(3) 天空頓時成了＿＿＿＿＿＿＿奪目的花園，火樹銀花，多美呀。

(4) 那個女孩已在樹下＿＿＿＿＿＿＿了半個小時，似乎在等一個重要的人。

(5) 運動場上，同學們＿＿＿＿＿＿＿＿＿，誰也不肯落後。

(6) 我們要不斷突破自己，＿＿＿＿＿＿＿極限，才會有進。

2. 下列哪個句子沒有運用「借代」法？

（A）她希望長大後做一個「白衣天使」。

（B）我們要愛護學校的一草一木。

（C）那羣女生中，那個大眼睛是我妹妹。

（D）他高高瘦瘦的，好像一根竹竿。

答案：＿＿＿＿＿＿

3. 續寫下列句子：

（A）透過清澈的海面，可以看到＿＿＿＿＿＿＿＿＿＿

＿＿＿＿＿＿＿＿＿＿＿＿。

（B）沙灘上＿＿＿＿＿＿＿＿＿＿＿＿＿＿＿＿＿

＿＿＿＿＿＿＿＿＿＿＿＿。

（C）走進茂密的熱帶雨林，＿＿＿＿＿＿＿＿＿＿

＿＿＿＿＿＿＿＿＿＿＿。

（D）儘管依然有雨，＿＿＿＿＿＿＿＿＿＿＿＿＿

＿＿＿＿＿＿＿＿＿＿＿。

（E）緊張的心情還未平復，＿＿＿＿＿＿＿＿＿＿

＿＿＿＿＿＿＿＿＿＿＿。

⑩ 大澳一日遊

學校：協恩中學附屬小學
年級：小六
作者：郭栩明

作文

你知道大澳是甚麼地方嗎？它歷史悠久，居民靠捕魚為生，寧靜而充滿漁村風味。大家不要以為大澳沒有甚麼可遊覽的，其實那裏有趣的地方可多了，去年，我就在大澳度過了愉快的一天。

那天下午，我們去探訪住在大澳的姨母。姨母的家和城裏的高樓大廈很不相同，是用木板拼砌而成的，下面用幾根木柱支撐着，插在水中，真使我們這些「城市人」大開眼界。

姨母帶着我們穿過小巷，在一間屋子前停了下來。這時，我們嗅到了一股濃烈的臭味，定睛一

點評

● 設問開頭，簡介大澳。

● 寫大澳建築的「漁村」風格。

● 動詞使用準確。

● 三、四段寫品嚐鹹魚飯。

● 未見其物，先聞其味；「目瞪口呆」的細節引起讀者好奇；我們的「目

看，大家都目瞪口呆——十多條鹹魚直挺挺地掛在屋子前，而一個嬸嬸正在屋前曬鹹魚！還沒等我回過神來，姨母便若無其事地領着我們進屋坐了下來。

環顧四周，我發現屋子裏黑壓壓地坐滿了人。不久，一大碟鹹魚飯送了上來。最初，我不敢動筷子，因為實在太臭了，但是看見平日十分挑食的妹妹也吃得津津有味，我就抱着懷疑的態度嚐了一口……實在太好吃了！口中的鹹魚竟然可與新加坡的喇沙、印度的咖喱媲美，真是齒頰留香，令人回味無窮。

接着，我們到姨母工作的蝦醬工場參觀。工場同樣地臭，我腦中頓時湧出一個想法：大澳真臭！不過，我仍然乖乖地走進了工場，只見很多工人正在製作蝦醬，由於當時工場收到了許多訂單，因此人手不足。儘管姨母正在放假，但

「瞪口呆」與姨母的「若無其事」對比，又與後文「津津有味」、「回味無窮」對比。

● 描寫場面，「黑壓壓」寫出人羣聚集的樣子。

● 寫出「我」小心翼翼、無比懷疑的心理。省略號引人遐思，此處的延長等待與後文緊接着簡短強烈的感歎形成反差，表達效果強烈。

● 作比較寫出鹹魚飯的美味。

● 實寫參觀蝦醬工廠，虛寫大澳人。

● 寫大澳人—姨母，抓住

她毫不猶豫地捲起袖子「拔刀相助」，不愧是我的好姨母！

兩個小時後，我們坐上一隻小船，在海上一邊吃着飯，一邊欣賞海景。落日映照着海面，日影顯得特別燦爛，入夜的大澳，異常寧靜，而這一切的一切，我從來不曾在香港的市區看見過。

最後，我們搭上直通車回到市區。城市人繁忙的夜生活才剛開始，我竟有點掛念大澳平靜的生活，真想說聲：大澳，我愛你！

● 人物動作，突出了姨母的敬業和勤勞。

● 寫大澳寧靜的夜景。

● 「燦爛」的光彩與「寧靜」的氛圍有種看似矛盾的美麗。末句簡短的敍述透出了一絲遺憾。

● 通過繁忙與平靜的對比寫感悟，結尾直接抒發對大澳的喜愛之情。

總評及寫作建議

本文主要寫了大澳的美食和寧靜的美景。

小作者通過建築特色、飲食文化、工業生產、自然風光這四個方面的介紹，將大澳的漁村特色展露無遺。選材上精當典型，對大澳的自然景色與人文景觀都表現充分，內容豐富多彩。

結構上，文章按照遊蹤安排材料，詳略得當，重點突出。尤其值得稱道的是，所有內容都自然穿插於遊覽過程之中，並非材料的簡單堆砌。

　　語言上，文辭於質樸中見雕琢，甚少冗餘，對人物的動作細節比較關注，且擅長點評式議論，敍寫過程中亦見真情流露。

　　美中不足的是，文章第一次寫「臭」，採用先抑後揚的手法表現鹹魚飯的美味，而第二次寫大澳的「臭」時，雖然讚揚了姨母急公好義的精神，但與前文缺少聯繫，因此之前的「臭」未能起到伏筆的作用。如果能將對姨母的讚揚與大澳人的辛勤勞作和大澳的發展結合起來，立意上將更有突破。

11 大自然之旅

學校：協恩中學附屬小學
年級：小六
作者：梁譯尹

作文

熱愛大自然的我曾參加過一次本地的生態旅遊——<u>南生圍</u>、<u>河背水塘</u>之旅。

那天上午，我剛走下旅遊車，便被<u>南生圍</u>引人入勝的風景吸引住了。河面平靜如鏡，青山紅樹映入水中，猶如一幅色彩明豔的油畫。信步河畔，大片大片的蘆葦隨風搖擺，宛如波濤起伏。往前走，兩旁桉樹凜立，甚具氣勢，惟有部分樹腳曾被火熏黑，顯得傷痕累累。可是，這些遭火劫的桉樹，仍能頑強地生存下去，生機旺盛，讓人想到了歷經磨難仍不屈服的英雄。

點評

● 開頭直截了當，簡明自然。

● 詳寫<u>南生圍</u>自然風光。

● 寫出色彩、形態，使用比喻修辭，語言形象生動。

● 先描述後抒情議論，細心觀察後積極思考，寫出尋常事物所包含的道理。

離開桉樹林後，一列傍水而建的村屋使我有置身<u>大澳</u>的感覺。村屋盡處，可見扁舟野渡，原來那是本港碩果僅存的一個街渡。別小覷這破舊的街渡，它可是當地村民賴以渡河的工具，極具傳統漁村的風情。

● 略寫村屋渡頭的漁村特色。

● 「碩果僅存」寫出其地位價值，「小覷」寫出其破舊的外貌。

中午，我們抵達<u>流浮山</u>用午膳。餐後我們來到<u>後海灣</u>，探訪那裏的蠔排。只見蠔民有的在曬蠔，有的忙着開蠔取肉，吸引了不少遊客駐足觀看並購買蠔製產品。放眼望去，海面披上了一層薄薄的霧靄，令我仿如置身蓬萊仙境⋯⋯

● 略探訪蠔排。

● 既寫工業生產，也寫自然海景，描畫出了一幅人與自然和諧相處的畫卷。末句暗含比喻，動詞「披」使用形象。

一番陶醉後，我們便啟程前往<u>河背水塘</u>。剛下旅遊車，我便看到一種新奇的植物——酢漿草。這種植物一般只有三片葉子，傳說只要你能找到有四片葉子的酢漿草，幸運之神便會降臨，因此它還有一個名字叫「幸運草」。

● 五、六段詳寫旅途見奇。

● 一奇：幸運草。

沿着水塘的小徑前行，途中

隨處可見奇趣的事物——附生在樹皮上的靈芝、長在花崗石縫的蕨類植物……奇特的是一個長在樹上、把無數樹葉黏在一起的蟻窩。如斯奇趣，難怪太陽伯伯也出來湊熱鬧，原本陰沉沉的天色突然放晴，一下子曬得我們汗流浹背。怎料，更奇特的事接踵而至——我竟然聽到陣陣蟬鳴！為何時近暮春，會有早響的蟬鳴呢？奇怪的是，這些蟬的翅膀還長有白色的斑點，飛起來翅膀活像蝴蝶的彩翼一般，豔麗非常。

● 二奇：樹上蟻窩。

● 三奇：蟬鳴聲聲。

● 觀察仔細，描寫細膩。

驚歎中，我們歷盡千辛萬苦走完了一段上坡路，總算抵達了河背水塘，頓時眼前一亮，視野一下子廣闊了不少。雖然這只是一個用作灌溉的小型水塘，但微風輕拂，水面泛起漣漪，甚有詩意。水中央還有一個小島，襯着藍天白雲，美態倍添。

● 以下兩段略寫河背水塘。

環繞水塘走了一圈，途中所

● 對偶修辭，句式整齊。

見盡是茂林修竹，所聞盡是蟬鳴鳥啼。在這幽靜的環境中，每個人都會覺得心中的塵垢被洗滌淨盡。

● 簡短抒情，寫出自然予人的感受。

　　別過清幽的水塘，我們依依不捨地踏上了歸途。這次大自然之旅真使我獲益良多，我不僅學到了可貴的課外知識，更關注到全球暖化問題——明明是春天，但下午放晴後氣溫急升，一時間竟如夏天般酷熱。再者，常言道：「蟬鳴荔熟」，只有在夏天才會聽到的蟬鳴，怎麼會在春天出現？我相信這是全球暖化的一個警告。但整體而言，這天的生態旅遊實在難能可貴，令我樂而忘返。

● 寫事後感想。

● 經過仔細的觀察和深入的思考後，得出結論，有理有據。

總評及寫作建議

本文主要寫了<u>南生圍</u>和<u>河背水塘</u>的自然之旅。

小作者在細緻觀察的基礎上，描繪出生動的景象，不僅寫出了美麗的景色，也表達了自己對山水的獨特感受，文情並茂，且不落俗套；寫景抒情，亦有理趣。

在選材上，文章十分講究技巧，首先，能發現常人所忽略的內容，如遭遇火劫的桉樹身上的傷痕、破舊落後的街渡，是審出了「醜」中之美；寫幸運草、靈芝、蟻窩等，是扣住「奇」字選材。當然，美景描寫自然不可缺少，但是小作者能發現相似中的不同，如第二段和倒數第二段分別寫<u>南生圍</u>及<u>河背水塘</u>的自然風光，都有水，都有植物，雖然選擇的材料相近，卻寫出了迥異的風貌——前面寫水如鏡，後文寫水則突出水面漣漪陣陣；前寫青山紅樹的倒影，後寫藍天白雲；前文蘆葦隨風，桉樹凜立，後面則修竹茂林，鳥啼蟬鳴……這都給讀者留下了「美」的印象。第四段將蠔排工人的勞動放在廣大的自然風光背景中，亦給人一種和諧自然的感受。

在結構安排上，文章詳寫<u>南生圍</u>，略寫<u>河背水塘</u>，也可看出小作者的細心安排。

文章語言流暢清新，行文舒展自如，措辭典雅簡潔，優美又不失活潑，可看出小作者的古文修養。

12 廣東遊記

學校：保良局錦泰小學
年級：小六
作者：朱慧欣

作文

去年八月，我和姐姐隨爸媽一起去廣東遊玩。

第一天，我們先去德慶縣參觀被譽為「廣東第一」的盤龍峽瀑布羣。遠遠看去，瀑流好像一匹匹白練從天而降，真有「飛流直下三千尺，疑是銀河落九天」之勢。我們被氣勢磅礴的瀑布深深地吸引了，興致勃勃地在大大小小的瀑布前拍照留念。

第二天，我們前往德慶縣的金林水鄉遊玩。金林水鄉是一個有一千多年歷史的古老村落，它與盤龍峽相鄰，風景優美，古色古香，處處湖泊池塘，頗具水鄉特色。不

點評

● 開門見山，寫一家人到廣東遊玩。

● 寫參觀瀑布羣。

● 比喻修辭，同時引用古詩，寫出了瀑布的氣勢。

● 寫遊覽金林水鄉並品嚐了「山水豆腐腦」。

● 簡單介紹金林水鄉的特色，語言簡練準確。

過，我最感興趣的是這裏售賣的土特產，尤其是遠近馳名的「山水豆腐腦」，據說它是加了清澈的溪水製成的，看上去細若凝脂，潔白如玉，讓人胃口大開。我和家人各嚐了一碗，感覺味道清甜滑嫩，真是名不虛傳。

● 詳細描寫「山水豆腐腦」的外觀和口感，細膩生動。

旅程的最後一天，我們遊覽了廣東省開平市的開平碉樓。據說，開平碉樓是很久以前當地華僑出資建造的，目的一是為了居住，二是為了抵禦土匪的侵擾，因此，它集防衛、居住於一體，外形是多層塔式，風格上融合了中西建築的特色，造型十分別致。

● 寫開平碉樓。

● 介紹碉樓的歷史和外形。

憑藉豐富的歷史文化內涵，現在，開平碉樓已成為「世界文化遺產」之一。走進碉樓，我們可以看到，裏面有很多珍貴的歷史文物，比如老式留聲機和一口具有多年歷史、建在頂樓的水井等等，真令我們大開眼界。可惜那裏不許拍

● 介紹開平碉樓成為「世界文化遺產」之一的歷史淵源。

照，要不然我一定會和家人在文物前合影留念的。

　　這次廣東之旅不但開闊了我的視野，更令我明白了保護歷史文物的重要性。如果日後還有機會的話，我希望能到中國的其他地方旅行，去吸收更多的課外知識。

● 結尾總結上文，並抒發感想。

總評及寫作建議

　　本文主要寫了遊覽廣東盤龍峽、金林水鄉和開平碉樓的經歷。

　　按照時間順序，文章依次介紹了廣東的自然景觀——盤龍峽瀑布羣，土產美食——金林水鄉的「山水豆腐腦」和人文景觀——開平碉樓，結構嚴謹，脈絡清晰，雖然平均分配筆墨，但是小作者注意從不同角度選擇材料，表現了廣東遊的三個不同側面，文章內容十分充實。

　　其中，文章對於瀑布羣的表現很到位，因為參觀的不是一個瀑布，而是瀑布「羣」，小作者運用比喻、引用古詩，恰好點出了其壯觀的氣勢特點，既形象又貼切。

　　小學生在寫遊記作文時，往往會忽略描寫對於遊記文章的重要性，因而給人過於簡略、草率了事的感覺，但是小作者成功地

避免了這一點，文中不僅有簡明扼要的敍述說明，還有細緻生動的描寫。

例如，在介紹「山水豆腐腦」時，小作者突出了其與別的豆腐腦的差別，強調是用清澈的溪水製成的，並從外觀和口感入手，描繪出了豆腐腦的形、色、味等特點，十分真實可信。

同學們還應注意，對於不同對象的寫作角度應有所不同，以本文為例，因為開平碉樓是「世界文化遺產」之一，小作者將最能表現其聞名世界的特點——歷史淵源和獨特的外觀寫了出來，從而滿足了讀者的好奇心。

語言上，文中可多次見到成語的使用，小作者十分注意遣詞造句，文字很有表現力。

13 四川遊記

學校：保良局錦泰小學
年級：小六
作者：許樂琪

作文

點評

去年十一月中旬，我和同學們跟隨老師到「天府之國」——四川遊玩，那幾天的活動給我留下了或新奇或有趣的印象。

● 倒敍開頭，寫四川遊給自己留下了深刻的印象。

其中，我印象最深刻的，是在臥龍野生大熊貓園的工作。當時，我們換上那笨重的職工制服，一個個儼然成了能幹的「小大人」，然後，在工作人員的指導下，我們開始了工作。工作期間，我不小心弄傷了足踝，但為了一睹大熊貓的「廬山真面目」，我覺得那點小意外根本不必介意！在工作過程中，我還學到不少飼養大熊貓的知識。

● 詳寫自己印象最深刻的經歷——在大熊貓園工作。
● 描寫生動。

● 具體是甚麼工作？應該詳細說明。

● 可介紹具體的知識內容。

而四川遊令我感到最新奇的，是活動的第一站——參觀三星堆博物館。走進博物館，我驚奇地看到，館內展出了很多出土文物，大部分是眼球長而突出的古巴蜀人面青銅像、古巴蜀人使用過的青銅碗和以玉石打磨成的刀子等等，真令人大開眼界。

● 詳寫最新奇的經歷——參觀博物館。

● 舉例說明，具有說服力。

四川遊令我覺得最有趣也最尷尬的，是當小記者的經歷。那天，我們坐車前往成都杜甫草堂和武侯祠參觀。我和黃曉鳴是小記者，負責介紹那裏的文物典故和名人事跡，雖然事先我們讀了不少相關資料，但是在介紹的時候，我們還是鬧出了不少笑話。比如把人名張冠李戴了，把地名混淆了等等，以至於有一會兒，我們一緊張，竟然張口結舌，不知道說甚麼才好，逗得同學們哈哈大笑。

● 詳寫最有趣的經歷——當小記者。

四川遊令我覺得最溫馨的，是我們與都江偃中興小學師生進行

● 略寫最溫馨的經歷——與當地師生交流。

的交流活動。當時，該校師生很熱情地接待了我們，他們熱情洋溢的笑臉令我感到溫暖極了。最後我們還交換了禮物，為這次交流畫上了一個完美的句號。

離開四川時，大家都覺得依依不捨，我真希望有機會再到那兒遊玩啊！

● 結尾寫不捨之情。

總評及寫作建議

本文主要記敍了小作者四川遊的經歷。

雖說很多遊記文字喜歡以遊蹤為線索，用時間或空間的轉換來組織材料，但並不意味着那便是惟一之法。小作者跳出現實的活動順序安排，不是中規中矩地按照遊玩安排來寫作，而是按照印象最深刻→感覺最新奇→覺得最有趣→覺得最溫馨的邏輯順序安排結構，且有詳有略，重點比較突出。這樣雖然打亂了事件本身的時間順序，卻可體現小作者主觀的情感線索，且主次更分明。

美中不足的是，在大熊貓園工作的經歷有些語焉不詳，讀者明明期待有更多的闡釋，文章卻甫一露頭便戛然而止，使人大失所望。

語言上，小作者用詞雖然樸實，但是都比較準確。

作文加油站

環顧	媲美	霧靄	降臨	附生	黏連	灌溉	連漪
環繞	塵垢	洗滌	擅長	刺激	儼然	溫馨	黑壓壓
耳熟能詳	載歌載舞	大顯身手	驚心動魄	大呼小叫
翹首以待	歎為觀止	歷史悠久	目瞪口呆	若無其事
津津有味	齒頰留香	回味無窮	拔刀相助	毫不猶豫
引人入勝	傷痕累累	碩果僅存	蓬萊仙景	汗流浹背
茂林修竹	踏上歸途	獲益良多	難能可貴	樂而忘返
遠近馳名	興致勃勃	古色古香	細若凝脂	潔白如玉
胃口大開	清甜滑嫩	名不虛傳	造型別致	張冠李戴
張口結舌	千辛萬苦	情緒高漲

佳句摘賞

● 河面平靜如鏡，青山紅樹映入水中，猶如一幅色彩明豔的油畫。
信步河畔，只見大片大片的蘆葦隨風搖擺，宛如波濤起伏。

● 放眼望去，海面披上了一層薄薄的霧靄，令我仿如置身蓬萊
仙境……

- 落日映照着海面，顯得特別燦爛，入夜的大澳，異常寧靜，而這一切的一切，我從來不曾在香港的市區看見過。

- 遠遠看去，瀑流好像一匹匹白練從天而降，真有「飛流直下三千尺，疑是銀河落九天」的氣勢。

- 「山水豆腐腦」據說是加了清澈的溪水製成的，看上去細若凝脂，潔白如玉，讓人胃口大開。我和家人各嚐了一碗，感覺味道清甜滑嫩，真是名不虛傳。

- 走進博物館，我驚奇地看到，館內展出了很多出土文物，大部分是眼球長而突出的古巴蜀人面青銅像、古巴蜀人使用過的青銅碗和以玉石打磨成的刀子等等，真令人大開眼界。

寫作小錦囊

　　寫文章時，有意引用成語、詩句、格言、典故等，以表達自己的思想感情，說明自己對新問題、新道理的簡介，這種修辭手法叫「引用」。如《廣東遊記》一文就成功地使用了這種手法。「引用」可以增強文章的說服力，並使語言精練，含蓄典雅。同學們平日要多掌握一些成語、熟語、名言警句等，在寫作中便可信手拈來，為文章增添文采。

互動訓練營

1. 選詞填空：

| 溫馨 | 刺激 | 洗滌 | 黑壓壓 |

| 遠近馳名 | 津津有味 | 造型別致 | 引人入勝 |

(1) 這家餐廳的乳鴿＿＿＿＿＿＿，皆因皮脆肉嫩，非常美味。

(2) 一家人在除夕夜邊吃年夜飯，邊談笑風生，格外＿＿＿＿。

(3) 母親的拿手好菜每次都讓全家人吃得＿＿＿＿＿＿。

(4) 滑水是一項非常＿＿＿＿＿的水上運動。

(5) 這盞射燈＿＿＿＿＿＿，工藝精湛，廣受顧客歡迎。

(6) 天空＿＿＿＿＿＿的，看來將會有一場狂風大雨。

2. 下列哪個句子沒有運用「引用」法？

（A）「欲窮千里目，更上一層樓」，我們學習上也要有這種不
斷攀登的精神。

（B）三天的北京遊很快就要結束了，但我玩得真有點「樂不
思蜀」呢。

（C）有時候，我真想成為旅行家，遊遍中國的萬水千山。

（D）「虛心使人進步，驕傲使人落後」，我們要時刻記住：做
人要虛心。

答案：＿＿＿＿＿＿

3. 續寫下列句子：

　　（A）煙花匯演開始了，只見天空＿＿＿＿＿＿＿＿＿＿＿

　　　　　＿＿＿＿＿＿＿＿＿＿＿＿＿＿＿＿。

　　（B）坐過山車的感覺真奇妙，＿＿＿＿＿＿＿＿＿＿＿＿

　　　　　＿＿＿＿＿＿＿＿＿＿＿＿＿＿＿＿。

　　（C）走進故宮，＿＿＿＿＿＿＿＿＿＿＿＿＿＿＿＿＿＿

　　　　　＿＿＿＿＿＿＿＿＿＿＿＿＿＿＿＿。

　　（D）我們興致勃勃地＿＿＿＿＿＿＿＿＿＿＿＿＿＿＿＿

　　　　　＿＿＿＿＿＿＿＿＿＿＿＿＿＿＿＿。

　　（E）如果有機會，我希望去＿＿＿＿＿＿＿＿＿＿＿＿＿

　　　　　＿＿＿＿＿＿＿＿＿＿＿＿＿＿＿＿。

⑭ 浮羅交怡遊記

學校：浸信會沙田圍呂明才小學
年級：小六
作者：陳晉泓

作文 ▼

　　去年復活節假期，我和爸媽去浮羅交怡旅行。在出發的前一個晚上，我竟興奮得無法入睡，整晚都在牀上發呆，熱切地等待着第二天的來臨……

　　次日清早，陽光燦爛，我們整裝出發，準備「衝」出香港，這份喜悅實在難以用言語表達。可是，在飛機上坐了好幾個小時，我們悶得差點打瞌睡。終於到達浮羅交怡了，一直期待着的旅程於這一刻正式展開！

　　下了飛機，我四處觀望，覺得浮羅交怡無論是氣候、空氣質量，還是四周的環境，都不比香港

點評 ▼

● 開頭與眾不同，集中描寫自己激動興奮的心情，為後文設置了懸念。

● 過渡段，情緒幾起幾落，為下文的展開作了鋪墊。

● 一個「衝」字，形象地寫出了小作者興奮的心理。

● 三、四段寫旅行的第一天：在高腳屋裏休息。

遜色。我吸入一口清新的空氣，感到心情舒暢，精神為之一振。

接着，我們趕到旅程的落腳點——水中高腳屋。高腳屋分上下兩層，上層住人，下層沒有牆壁，只有幾根木樁，整個房間既通風又透氣，充滿了馬來風情。另外，高腳屋屋頂的坡度也比較大，聽說是為了便於雨水的傾瀉，因此，屋子總是顯得既乾燥又涼爽，所以晚上我們睡得十分香甜，為接下來一連串行程的展開養足了精神。

第二天，我們一大早就起牀了。這是一個充滿朝氣的早晨，四周的鳥兒欣喜地哼着動人的歌兒，令人心曠神怡。我們首個活動是到巴雅島浮潛、餵海魚等。從船上俯視下去，透過清澈的海水，魚兒的一舉一動都呈現在我們眼前。下水後，我剛把一塊白麵包放進海裏，一羣色彩斑斕的熱帶魚便洶湧而至。飢餓的魚

● 形象的細節描寫間接說明浮羅交怡不比香港遜色。

● 寫出了高腳屋的風情和特色。

● 五、六段寫旅行的第二天：進行海上活動。

● 擬人手法寫鳥兒，間接反映了小作者心情的愉悅。

● 場面描寫生動，「洶湧而至」、「爭先恐後」、「搶」等詞寫出了魚兒搶食的瘋狂。

兒圍繞着我爭先恐後地搶食，我感到渾身癢酥酥的，又新奇又好玩。那一刻的情景，我終生難忘。

歡樂的時光總是飛逝似箭，夜幕開始降臨，一天已經過去了，我戀戀不捨地爬上船，不由感歎：時間過得真快啊！

● 通過小作者的感慨，間接寫遊玩的愉快。

第三天，我們搭乘小船去遊覽紅樹林。那裏植物生長得十分茂盛，我們不僅認識了許多奇異的熱帶植物，還觀賞了野生老鷹獵食的過程。只見數十隻老鷹在藍天上盤旋，看定目標後便飛快地俯衝下來，瞬間就伸爪把獵物抓住了，那驚心動魄的一幕真的十分精彩。

● 七、八段寫旅程的第三天：遊覽紅樹林。

● 描寫細緻生動，「盤旋」、「俯衝」，寫出了老鷹敏捷凌厲的動作。

然後我們也開始「獵食」——釣魚，之後，我們將「戰利品」全都交給島上的居民，請他們幫忙烹調。吃到自己親手釣的魚時，我感覺味道分外鮮甜，心頭湧起了甜絲絲的成就感。

● 「獵食」、「戰利品」，用詞幽默。

● 感受真實可信。

最後一天，我們遊覽了浮羅交怡著名的孕婦島。這是浮羅交怡最大的一個島，遠遠望去，此島就像一位仰卧着的孕婦，因此叫孕婦島。島上還有個大的淡水湖，叫做孕婦湖，湖水青碧，望去深不可測。

我們雖然根本沒法看清湖水有多深，心裏也感到膽怯，但還是壯起膽子下了水，試探一番後，我們很快便游動、嬉戲起來。這也是對我們膽量的一次考驗。

旅程很快進入尾聲，我們不得不回家了。這次出遊不但使我大開眼界，更增強了我的膽量，希望以後能有機會重遊這個「世外桃源」。

- 九、十段寫最後一天：遊覽孕婦島。

- 介紹孕婦島的得名由來，增添了文章的趣味性。

- 議論發人深省。

- 結尾總結全文，希望下次能再來旅遊。

- 「世外桃源」既是成語，也是典故，為文章作了最簡約卻又內涵豐富的總結。

總評及寫作建議

　　本文主要寫遊覽<u>浮羅交怡</u>的經歷，描述了該地的自然風光及遊玩中的趣事。

　　開頭對旅途前激動興奮心情的描寫是本文的一大特色，這為後文愉快的旅程敍寫設下了懸念，而結尾處的議論抒情則照應了開頭。

　　文章的主體部分按照時間順序安排材料，既寫了當地的自然風光，也寫了遊玩趣事：觀看野鷹獵食、釣魚、游泳。選材豐富，內容充實，無論是對高腳屋的有關<u>馬來</u>特色的描寫，還是對<u>孕婦島</u>得名由來的介紹說明，都十分出色，對「魚」、「鷹」的動作描寫，也十分傳神。這樣，全文從不同角度表現了<u>浮羅交怡</u>，使其更為立體地表現在讀者面前，極富人文氣息。

　　語言上，小作者成語使用恰當，動詞使用也很準確，全文表達十分順暢。

15 遊萬松書院

學校：浸信會沙田圍呂明才小學
年級：小六
作者：黃玉瑤

作文

　　二零零八年暑假，老師帶着我們一批同學去到杭州著名的萬松書院參觀。

　　萬松書院是個古色古香的學堂，傳說，這裏發生過一個淒美動人的愛情故事：書生梁山伯與女扮男裝的祝英台在這個書院同窗讀書，二人從相識相知，到難分難捨，最後因為世俗的阻力，化蝶而去。這就是中國人家喻戶曉的「梁祝」故事。

　　走進萬松書院，一片片綠油油的樹林映入眼簾，我不由眼前一亮，心情頓時十分舒暢。沿着一段段長長的台階拾級而上，環視着周

點評

● 開門見山，寫與老師同學參觀萬松書院。

● 遊覽過程中插入對梁祝故事的簡要敍述，為文章添了幾分趣味。

● 寫走進書院的所見所感。

● 數量詞、疊詞、動詞的使用，加強了文字效果。

圍古樸幽雅的景致，看着花崗岩擋牆主體上那一幅幅古代學子求學和拜師的浮雕，我不禁想起古人勤學不倦的故事。

穿過幽靜美麗、綠樹成蔭的庭院，我們來到了充滿書卷味的「梁祝書房」。望着那整齊的書桌，聽着優美的《梁祝》之樂，我彷彿看到了梁山伯與祝英台同窗共讀的情景。

● 寫在書院課堂的觀感。

● 運用聯想和想像寫感受，細膩形象。

遊覽了古樸幽雅的萬松書院，我們七嘴八舌地議論：真希望能留下來，從此就在書院裏讀書、學習，可它現在只是一個旅遊景點，不再是學習的場所了，真有點可惜！最後，我們依依不捨地離開了書院，一心盼望能夠再來⋯⋯

● 寫對書院的不捨之情。

● 感受獨特，呼應了前文，議論發人深省。

● 省略句結尾，傳遞出不捨之情與意猶未盡的感受。

總評及寫作建議

　　本文主要寫了在萬松書院遊覽的所見所感。

　　通常在遊覽的過程中，許多人文古跡、傳說故事會給優美的旅遊風景帶來引人遐思的內容，更顯其人文色彩。小作者以梁祝故事為背景來介紹萬松書院，在寫景敘事的同時，傳遞出絲絲縷縷的感傷，無論是單純的寫景，還是由景色引發的聯想或想像，均有較強的抒情性，而結尾的省略號更增添了情絲悠悠的意味，因此文章表現出與一般遊記不同的情調和韻味。

　　語言上，文章選詞文雅，與內容所表達的書院氣息及梁祝故事所營造的氛圍相契合。

　　美中不足的是，文中幾處提及「故事」的句子，缺少對故事的具體描述，顯得內容單薄了一些，如能充實，則文章內容與形式的結合將更圓滿出色。

16 海洋公園一日遊

學校：浸信會沙田圍呂明才小學
年級：小六
作者：羅曉鳴

作文

點評

　　去年暑假，我和爸爸、媽媽、弟弟及朋友一起去香港海洋公園遊玩了一天。

● 開頭交代遊玩的時間、人物、目的地等。

　　那日天朗氣清，十分適合出遊。還未到達海洋公園，我們就一眼看到了小山上的巨型海馬標誌。一進公園，我們就迫不及待去玩「威水笨豬跳」。繫好安全帶後，就放心地開始玩了，在彈牀上輕輕一跳，我們就能夠彈得很高，簡直可以衝上雲霄了，真是十分好玩！

● 寫到達公園後玩「威水笨豬跳」。
● 可簡單描述一下海馬標誌。

● 選用動詞「繫」、「跳」、「彈」等寫過程。

　　之後，我們去大熊貓館探望大熊貓樂樂、盈盈、安安和佳佳。大熊貓寶寶們正在慢條斯理地「吃飯」，只見牠們用短短的「手臂」

● 寫探望大熊貓。

● 描述熊貓吃竹葉的樣子，動詞準確，形象生動。

抱着帶葉的竹枝，嘴巴撕扯着竹葉，津津有味地又啃又咬，表情十分投入，真是憨態可掬，讓人疼愛。

看過大熊貓後，我們到海洋劇場去看園內最受歡迎的大型表演——海豚和海獅表演。只見聰明可愛的海豚、海獅們在訓練員的指揮下，做出各種美妙的跳躍、翻騰動作，真是十分精彩，讓觀眾歎為觀止，興奮得不住地鼓掌。

- 寫到海洋劇場看海豚、海獅表演。

- 細緻描寫海豚、海獅的表演，並用觀眾的反應間接表現表演的精彩。

然後，我們立刻加入排隊的長龍，等待玩「滑浪飛船」。雖然等了很久才坐到「飛船」，但是當我們坐船穿越狹窄的「航道」，在急流中高速地俯衝而下時，那從坡頂滑至坡底雖短暫卻充滿離心力的幾秒鐘，令我覺得就算要排更久的隊也是值得的，因為整個過程實在太刺激了！這真是勇敢者的遊戲！

- 五、六段集中寫玩「滑浪飛船」、「太空摩天輪」、「飛天鞦韆」、「衝天搖擺船」、「瘋狂過山車」等刺激的機動遊戲，側重於對自己感受的描寫和對機械裝置的動作描寫。

- 抒發感受。

下了滑浪飛船，我們又坐上「太空摩天輪」，上下旋轉一周，

- 機動遊戲的遊玩經歷描寫精彩，而且寫出了不同遊戲的不同刺激之處。

享受「探索宇宙」的歷程；接着，我們懷着興奮的心情，在「飛天鞦韆」上享受離地七米、被鞦韆凌空快速旋轉的樂趣；之後，我們上了「衝天搖擺船」，搖擺船設計得像海盜船，離地十五米，以七十五度左搖右擺，我的心彷彿被離心力拋出了船外；最後，我坐上刺激指數達百分之一百的「瘋狂過山車」，以環迴旋風的速度，翻騰穿梭。整個過程驚險極了！

吃過午餐後，我們進入海洋館，觀看可愛的小魚小龜、恐怖的魔鬼魚等海洋生物。

●略寫餐後觀看海洋生物。

傍晚時分，我們依依不捨地離開了充滿笑聲和歡樂的海洋公園。

●首尾呼應，遊玩過後離開海洋公園。

總評及寫作建議

本文主要寫了海洋公園一日遊。

小作者用「之後」、「然後」、「接着」、「最後」等詞，將材料按照時間的先後順序組織起來，對海洋公園一日遊的全過程一一敍說。全文選材豐富，結構完整，條理清晰，略寫彈跳遊戲，主要筆墨放在刺激的機動遊戲上，重點十分突出。

文章注重描寫寫作對象的動作，如寫「衝天搖擺船」等，並通過抒發自我及其他觀眾的感受來間接表現對象，如寫大熊貓、海獅和海豚、「瘋狂過山車」等，情感很真實，寫作重點表現出孩子的樂趣。

在細節描寫上，本文也比較充實，給文章增添了不少亮點。如對大熊貓吃竹子的描寫，達到了栩栩如生的效果。

記敍文僅有記敍和說明是完全不夠的，同學們需要學會「用文字畫畫」——描繪，那麼寫出的作文才可能生動感人。

另外，遊記文字也可以在敍述描寫之後直接抒情說理，例如，小作者在玩了刺激的滑浪飛船後，便進行思考，覺得這是「勇敢者的遊戲」。

17 初遊珠海

學校：聖方濟各英文小學
年級：小六
作者：陳芷瑜

作文

  我對這個地方有很深厚的感情，我第一次去就愛上了它的親切和浪漫，這個地方就是——珠海。

  珠海位於廣東省南部，瀕臨南海。雖然不如一些外國旅遊勝地那麼聞名遐邇，但珠海亦不失為一座花園式海濱旅遊城市，這裏四季鮮花盛開，被譽為中國最浪漫的城市。

  我到過珠海兩次，但兩次都不是為了遊覽，而是去進行運動集訓。初次去我就喜歡上了珠海。珠海人十分友好，我們無論走到哪裏，看到的都是一張張親切的笑

點評

● 開門見山，寫自己對珠海感情深厚。

● 介紹珠海的地理位置及美譽。

● 寫珠海人的友好，表現珠海「親切」的特點。

● 以排比修辭及肖像、動作描寫，表現珠海人的親切。

臉；當我們在集訓中遇到困難時，馬上有人不厭其煩地給我們進行指導；一個鼓勵的眼神，一句簡單的問候，都讓人如沐春風。

經過幾天艱苦的訓練，我們終於可以輕鬆一下，到城裏四處走走了。起初，我們到了一個書城。那裏的書真多，令人目不暇給。碰巧，我們去的時候正值「奧運期」，書城內有很多奧運福娃的精品出售，人們爭先恐後地搶購着，一時間人聲鼎沸，我們都被擠得喘不過氣來！

我最難忘的，是遊香爐灣。那裏矗立着一尊巨型石雕——珠海漁女。她頸戴珠鏈，身捐魚網，褲腳輕挽，雙手高高擎舉着一顆晶瑩的珍珠，帶着喜悅而又含羞的神情，彷彿在向世界昭示光明，向人類奉獻珍寶。關於這座石雕還有個浪漫的傳說呢。話說古代有位仙女，她深深地迷上了香爐灣的美麗

● 寫書城的盛況。

● 場面描寫，細膩形象。

● 寫漁女石雕以及有關石雕的浪漫傳說。

● 描寫細緻生動，動詞豐富準確。

● 簡略介紹有關漁女的傳說，增添了趣味性。

風光，便下凡來到人間，做了一名漁女。

這個傳說寄託了珠海人民深沉的感情和美好的願望，後人正是根據傳說，設計了這座巨大的漁女石雕。聽導遊將傳說娓娓道來，我陶醉不已，離開前不禁默默許了個願。

第一次遊覽珠海，我便深深感受到它是一個親切而浪漫的城市，它給了我遐思的羽翼。珠海，謝謝你！

● 結尾呼應開頭，寫珠海是一個親切浪漫的城市。

● 末句直接抒情。

總評及寫作建議

本文主要寫了親切而浪漫的珠海之旅。

小作者對珠海的印象主要放在「人」的身上：集訓時獲得的教導和關懷、海邊石雕所給予的震撼，乃至書城內瘋狂的搶購人羣，而對自然的花園式景色反倒略寫，因此本文選材上異於一般的遊記文章，卻自有其特色。

結構上，文章首尾呼應，結構完整，詳略得當，主次分明，不失為一篇成功的遊記。

寫作手法上，小作者手法嫻熟，文章的表現力很強。尤其是對於人的描寫，小作者注意採用不同的描寫方式來表現，寫集訓時注重對人物神情動作細節的把握，寫書城時關注的是場面特徵，對漁女石雕的描寫則主要刻畫其肖像神情。

語言上，文字簡潔有力，富含充沛的情感，尤其是描寫漁女的段落，非常精彩。

⑱ 遊西貢

學校：聖方濟各英文小學
年級：小六
作者：莊雅淳

作文 ▸

香港雖是彈丸之地，美麗的景點卻不少。其中，我最喜歡的就是西貢。初次踏足西貢，是跟家人一起去燒烤，我至今記憶猶新。

那天，我們乘車來到西貢後，便進了一個公園。公園就在海邊，很多漁民在這裏賣海鮮。由於海鮮賣價相宜，不少遊人都滿載而歸。

公園內空氣清新，處處鳥語花香，裏面還有一大片綠油油的草地，宛若一塊柔軟的綠地氈，看了就讓人想上去躺一躺。許多狗兒在草地上嬉戲玩樂，有的在相互追逐，有的在頑皮地打滾，這塊草地

點評 ▸

● 文字簡潔，直入主題，倒敍引起下文。

● 二、三、四段詳寫公園內的景致。

● 可以具體描寫。

● 描寫細膩，具有畫面感。

成了不少愛狗之人的聚集處。

公園內還有一個比較殘舊的碼頭，一些船家在那兒向遊客推銷出租船隻，說是可以駕船環遊海上的小島。

出了公園，我們便沿着一條大路走去。大路通向一片小沙灘，沙灘邊用一些短小的石欄攔着，舉目四望，就能欣賞到海上的奇石和小島。倘若天朗氣清，遊人還能看到遠處水天融為一體的美景，一時間，大地彷彿給蓋上了一塊蔚藍色的地氈。在水天相接處，還有一排排多得數不清的漁船，遠看像一雙雙色彩繽紛的鞋子，近看則像一個個整裝待發的士兵。如此美景，真叫人心曠神怡。

我們來到小沙灘上，看到的風景又是另一番景象。岸邊的石頭，經海水這個雕刻家長年累月的雕鑿，呈現出千奇百怪的形態：

● 寫在海灘上欣賞到的遠景。

● 比喻、對偶修辭寫大海、漁船。成語、數量詞、顏色詞的使用準確，語言清新優美。

● 寫在海灘上欣賞到的近景。

● 運用比喻、排比，描述岸邊的石頭，形象生動。

有的像張牙舞爪的怪獸，有的像圓圓的饅頭，還有的像一隻巨大的馬蹄，形態各異，又與四周的環境配合得天衣無縫。我們不能不驚歎大自然的鬼斧神工。

惟一美中不足的，就是遍佈沙灘的垃圾。我實在痛恨那些為一己方便而罔顧公德的人，他們總是毫無顧忌地把周遭的美景破壞得千瘡百孔。甚麼時候，人類才會改掉貪方便的自私毛病呢？

- 寫美中不足的地方——海灘上的垃圾，並發表感慨。
- 上下文的對比及段末的疑問，表現出小作者的細心觀察與深入思考。

快樂的時光總是過得特別快，燒烤過後，我們不得不踏上了歸途。遙望天邊片片絢爛奪目的紅霞，我真捨不得離開美麗的西貢！

- 結尾呼應開頭，情景交融，留有餘味。
- 應該在六、七段之間加插一段有關「燒烤」的描寫內容。

總評及寫作建議

本文主要寫了在公園裏和沙灘上欣賞到的西貢風光。

文章首尾呼應，結構完整，思路清晰，小作者關注自然景觀，對西貢獨特的海景作了重點描述，對人文景觀的部分則選擇略寫人

煙阜盛的公園，對人們不愛護環境發表議論，內容上比較充實，佈局安排合宜。尤其是對海灘遍佈垃圾的批判，讓文章多了一抹現實的色彩，而結尾對晚霞的描寫也為文章添加了幾分情感的回味。

　　通常，遊記的表達方式以描寫為主，間雜記敍抒情議論等文字。從本文看，小作者對於<u>西貢</u>公園內的草地和海邊形態各異的石頭都進行了細膩的描繪，十分形象。美中不足的是，對富有<u>西貢</u>特色的公園海鮮買賣缺乏具體的描寫；文章首尾都提到「燒烤」，但文中卻對「燒烤」隻字未提，使文章不完整。遊記就是要寫下旅途見聞和經歷，如果缺少了具體的景物、事件描寫，讀者便難以從文字中看到景色和事情經過，自然失卻了閱讀的興趣。

　　語言上，小作者文筆流暢，成語的嫻熟使用、不同修辭手法的交叉運用，使得一些描寫，如描繪海灘景色的文字非常形象，可讓人領略到美麗的<u>西貢</u>風光。

作文加油站

詞彙寶盒

流逝	俯衝	烹調	膽怯	鮮甜	凌空	瀕臨	矗立
昭示	寄託	晶瑩	驚歎	佩服	神奇	遍佈	殘舊
推銷	景致	雕鑿	整裝待發	美中不足		絢爛奪目	
洶湧而至	爭先恐後	驚心動魄	世外桃源		故地重遊		
人聲鼎沸	寧靜幽雅	家喻戶曉	身臨其境		淒美動人		
古樸幽雅	七嘴八舌	憨態可掬	左搖右擺		滿目蒼翠		
循循善誘	如沐春風	目不暇給	娓娓道來		彈丸之地		
記憶猶新	滿載而歸	鳥語花香	舉目四望		天衣無縫		

佳句摘賞

● 只見數十隻老鷹在藍天上盤旋，看定目標後便飛快地俯衝下來，瞬間就伸爪把獵物抓住了，那驚心動魄的一幕真是十分精彩。

● 她頸戴珠鏈，身捎魚網，褲腳輕挽，雙手高高擎舉着一顆晶瑩的珍珠，帶着喜悅而又含羞的神情，彷彿在向世界昭示光明，向人類奉獻珍寶。

● 在水天相接處，還有一排排多得數不清的漁船，遠看像一雙雙色彩繽紛的鞋子，近看則像一個個整裝待發的士兵。

寫作小錦囊

　　寫作時，將環境描寫、氣氛的渲染與人物思想感情的抒發結合在一起的手法，叫做「**情景交融**」。

　　「情景交融」是一種常見的寫作手法，包括借景抒情和寓情於景，同學們在處理文章中情與景的關係時，可以在寫景的同時寫自己的感受，即借景抒情；也可以把自己的感情完全融入所描繪的景物中，表面看似乎是客觀的寫景，但字裏行間卻蘊含了個人的感情，即寓情於景。這樣做可以將抽象的情感予以形體，再展現美麗的景觀，從而增強文章的感染力。

互動訓練營

1. 選詞填空：

　　膽怯　　　　寄託　　　　凌空　　　　神奇

　　七嘴八舌　　世外桃源　　古色古香　　舉目四望

　　(1)　這個渡假村遠離喧囂的鬧市，幽靜得宛如＿＿＿＿＿＿。

　　(2)　走上舞台的前一刻，她＿＿＿＿＿＿了，緊張得不敢走上去。

　　(3)　登上長城，＿＿＿＿＿＿，看到壯觀的崇山峻嶺。

　　(4)　閱讀是一種享受，給予我們精神的＿＿＿＿＿＿。

　　(5)　球迷們一面看足球比賽，一面＿＿＿＿＿＿地討論着。

(6) 江南處處有水，那裏的小橋流水、青石路面，充滿了＿＿＿

＿＿＿＿＿＿＿＿＿＿＿＿＿＿的特色。

2. 下列哪個句子運用了「情景交融」法？

（A）黃昏時分，山谷裏飄繞着白色的霧氣，讓人感覺置身在

人間仙境。

（B）落葉在風中翩翩起舞。

（C）露珠像花朵的一滴眼淚，在花瓣上緩緩滾動。

（D）瀑布像一匹白練，懸掛在青山間。

答案：＿＿＿＿＿＿

3. 續寫下列句子：

（A）欣賞海豚、海獅的精彩表演時，觀眾們＿＿＿＿＿＿＿＿

＿＿＿＿＿＿＿＿＿＿＿＿＿＿＿＿＿＿。

（B）大熊貓十分可愛，只見牠們＿＿＿＿＿＿＿＿＿＿＿＿

＿＿＿＿＿＿＿＿＿＿＿＿＿＿。

（C）經過幾天艱苦的訓練，我們＿＿＿＿＿＿＿＿＿＿＿＿

＿＿＿＿＿＿＿＿＿＿＿＿＿＿。

（D）公園裏有一片綠色的草地，＿＿＿＿＿＿＿＿＿＿＿＿

＿＿＿＿＿＿＿＿＿＿＿＿＿＿。

（E）快樂的時光總是過得特別快，＿＿＿＿＿＿＿＿＿＿＿

＿＿＿＿＿＿＿＿＿＿＿＿＿＿。

19 迷人的維港美景

學校：聖公會青衣主恩小學
年級：小五
作者：余昊忻

作文

相信你曾經觀賞過維港兩岸燈光輝煌的美景，浩如煙海的美景一定令你百看不厭。你有否對它的美景讚不絕口呢？

昨天，我就跟家人欣賞了維港絢麗多姿的美景，感覺很歡暢！我們看到了維港日出的一刻。太陽跳出來了，瞬間紅光萬道，猶如「光明使者」驅逐了「黑暗精靈」，主宰了廣闊無涯的維港。萬縷柔光撒在海面上，給大海鍍了一層金，我瞇着眼睛，盡情地享受這一刻的美景。

一大清早，維港兩旁盡是晨運人士。他們一邊無拘無束地跑

點評

● 本段總說維港美景，以設問引出下文。

● 「浩如煙海」使用錯誤，本用於形容書籍、文獻、資料等極為豐富。

● 本段主要寫維港日出的美麗景色。

● 日出場景的描寫很生動，通過聯想和想像，將太陽比作「光明使者」，又比作海港的主宰；「瞇」字從側面寫出耀眼的陽光。動詞使用恰到好處。

● 本段在上文以視覺寫海景的基礎上，運用聽覺寫鳥鳴聲和海浪聲，與

步，一邊陶醉於悅耳的鳥鳴聲和深沉的海浪聲。我聽着海水拍打岸邊礁石的聲音，頓時心境變得寧靜而舒暢。

就這樣看着聽着，我們在美麗的維港度過了一天。為了觀賞維港的日落美景，我們心甘情願地等待着。柔和的海風撲面而來，耳邊是海水沖刷海岸的聲音，猶如溫柔的媽媽在安慰孩子。終於，金色的陽光照射在維港的海面上，海面泛起絢麗耀眼的金光，讓人精神振奮。

踏入黑夜，維港不但沒有陷入，反而鮮豔奪目，對岸尖東海旁的高樓大廈閃爍着燈光，猶如一隻隻色彩斑斕的蝴蝶在隨風飄舞。兩岸建築物的燈光照射到海面上，加上天上銀光閃爍的繁星，像要把海水燃起來……我被深深地吸引住了。

是時候離開了，我們一家人陶醉地離開了維港。這天看到的景色令我刻骨銘心！

前文相映成趣。

● 本段主要寫維港的日落。

● 依舊從聽覺角度寫了海浪的聲音，但是使用了比喻的修辭，親切自然。
● 對日落時陽光的描寫與前面日出重複。

● 本段寫維港夜景，主要寫燈光。

● 將建築物上燈光比作隨風飄舞的色彩斑斕的蝴蝶，燈影與繁星在海上交相輝映，整個畫面充滿動感。

● 結尾的「刻骨銘心」一詞可作為開頭設問的回答，簡單明瞭，卻讓人印象深刻。

總評及寫作建議

　　小作者以時間為線索，分別描寫了<u>維多利亞海港</u>的清晨、黃昏、夜晚三個時段的美麗景色。

　　文章層次清晰，條理分明，每個部分都注意選擇最能代表<u>維港</u>特點的景色進行描寫，使讀者在閱讀時對<u>維港</u>有了最深刻的體驗。而這正是遊記寫作的最大考驗——你是否能寫出最具特色的景物？小作者在這一點上把握得很好，如：寫<u>維港</u>的清晨時詳寫日出，略寫晨運人士、海鳥及海浪，黃昏時重點寫日落，夜景中抓住最有特點的燈光來寫。在語言方面，使用了各種修辭手法，如比喻、擬人等，描寫出來的畫面生動形象，而且注意煉字，很用心地選擇動詞，多次使用表現色彩的形容詞，還時時運用成語以增強文采。

　　不足之處是在構建段落時還不能做到緊扣中心話題，偶爾有些語句偏離本段的中心，顯得有些多餘。在對日出和日落的描寫上，還不能很好地寫出彼此的區別，讓人產生重複之感。建議選擇可體現<u>維港</u>特色的其他景色來寫，也好使前後的文字彼此呼應。另外，除去純粹的寫景之外，不同處所的「人」也可成為構成美景的重要因素。文中只提到晨運人士的無拘無束，但是對其他人士卻吝惜筆墨。有山、有水，有光、有色，有聲、有影也有人的地方，也許才是最美的。

⑳ 親切的茶餐廳

學校：聖公會青衣主恩小學
年級：小六
作者：麥思遠

作文

　　幾乎每個禮拜我都會光顧我家樓下的茶餐廳，對它的每一處我都瞭如指掌，感覺十分親切。在元朗的一間茶餐廳，我亦找到了這份親切感。

　　站在這間茶餐廳的門前，看着招牌，我有一見如故的感覺，就像與好朋友重逢一樣。在好奇心的驅使下，我有股衝動，迫不及待地想看看茶餐廳的內部。

　　踏進茶餐廳，迎面而來的是亮麗的裝潢和侍應如陽光般親切的笑容。餐廳佈置得潔淨優雅，侍應的制服也十分整潔，與一般西餐廳不遑多讓。

點評

● 開篇點題，簡明扼要揭示中心。

● 二、三段寫對茶餐廳內外的觀感。

● 缺少對招牌的詳細描述，給讀者的印象較模糊。

● 對侍應笑容的比喻寫出茶餐廳的「親切」，點題。

這間茶餐廳空間雖小，卻集美食於一身，且中西特色兼收並蓄。它的食品，從蛋撻到饅頭，從雲南米線到意大利粉，從揚州炒飯到葡萄牙雞飯……應有盡有。而食物質素真是一點也不賴：奶茶又香又滑，令人齒頰留香；魚丸爽口「彈牙」，叫人吃得津津有味。

● 寫茶餐廳的食品品種多樣，質素上佳。

● 排比修辭，運用成語，使語言增色不少。

價廉物美，加上舒適的環境，難怪每位顧客都吃得開懷。無論是穿西裝結領帶的，還是穿襯衣踏拖鞋的，都來光顧。

● 寫諸多賓客。

● 借代修辭，以形象代本體，生動形象。

發源於香港的茶餐廳，在香港十八區全能發現它的蹤影，在每一間茶餐廳都能找到那份熟悉的「老香港」感覺，而「茶餐廳文化」也代表了香港人努力、堅毅、吃苦耐勞和創新的精神。

● 寫茶餐廳在港隨處可見。

但願香港人能把「茶餐廳文化」繼續發揚光大，使它能在外地也大放異彩，令港式茶餐廳走向世界！

● 寄望茶餐廳可走向世界。

總評及寫作建議

本文主要寫了在港隨處可見的茶餐廳。

小作者對於茶餐廳的「親切」表達貫穿全文，使文章的主題十分鮮明。文章按照由外而內，由主而次，由表及裏的順序依次介紹茶餐廳。邏輯清晰，主次輕重皆有兼顧。尤其是寫到茶餐廳的發展，表現出小作者深入思考社會問題的能力，揭示了社會現象背後的本質，才發現茶餐廳的飛速發展源於港人的努力。

語言上流暢自如，不時出現修辭手法和成語的使用，於清新的生活氣息中透出一絲雅致，個別句子可圈可點，給文章增添了文學情趣。

需要修改的地方在於某些描寫和敍述不太細緻，如茶餐廳的招牌、一般的格局、習慣的服務方式等，要寫出不同茶餐廳的相同感覺——親切，就要抓住所有茶餐廳的共同特點來寫其「親切」。另外，如能介紹茶餐廳的歷史起源及其與港人生活的密切聯繫，則文章後半部分內容會更充實。

廈門遊記

學校：聖公會青衣主恩小學
班別：小六
作者：陳恩怡

作文

　　當飛機徐徐降落在高崎國際機場，我的廈門之遊也隨即開始。

　　廈門被稱為「國際花園城市」，位於中國東南沿海，城市建設輝煌，風景優美。廈門島上有成羣結隊的白鷺自由自在地飛翔，素有「鷺島」的美譽。

　　站在海濱公園，可以眺望對面的海上花園──鼓浪嶼，島上一座座紅磚建蓋的小洋房，環抱着山腳盤旋向上伸延，透出了濃厚的西方色彩，那是因為它曾是西方多國的租地。到了晚上，萬家燈光，點綴着日光岩，景色更加迷人。這個島上沒有汽車行駛，所以環境清雅

點評

● 首段點題，寫廈門之旅。
● 首句描寫極具畫面感。

● 過渡段，簡介廈門地理方位及別名由來。

● 詳寫鼓浪嶼風光。抓住建築的特別之處寫其歷史、文化特色。

幽靜。<u>鼓浪嶼</u>享名「琴島」，因為它孕育了無數的音樂家，難怪渡輪碼頭的建築形狀也像鋼琴。

　　<u>環島海濱浴場</u>遼闊、真實；環島路熱鬧、秀麗。無論你是坐車在環島路兜風，還是與三五知己在海灘漫步，都會流連忘返；無論白天或是黑夜，陽光下或是燈飾下，你都會產生無限遐想。

● 寫海濱浴場和環島路。

● 擬人、對偶手法融合，整句散句結合，短句長句交錯，語言清新秀逸，流暢自如。

　　值得一提的是位於<u>文屏山莊</u>的「怪坡」，它橫臥在外公、外婆住所的附近，我曾在那裏親身驗證過它的神奇力量。記得那天，我和家人推着坐在輪椅上的外婆，在「怪坡」下放手，輪椅竟然能自動自覺地往上爬。很多司機也會在這裏停車試驗，從而引發了專業人員對「怪坡」進行研究。你說「怪坡」怪不怪？

● 寫「怪坡」。

● 「橫臥」的擬人化表達形象地寫出「怪坡」之「形」。

● 以親身體驗寫「怪坡」之怪。

　　我喜歡和<u>金門</u>一水之隔的<u>廈門島</u>，島上有很多地道的美食，

● 寫<u>廈門</u>的飲食文化。

尤其是「土筍凍」、「餡餅」、「麻糬」等。閩南人愛品茶，以廈門人尤甚。廈門是功夫茶的起源地之一，典雅的茶文化，代代相傳，大街小巷都能深深地感受到這獨特的風格。

● 末句意思不清晰，如有實例描寫會更好。

這個城市雖然有全國規模最大的展覽中心，有高科技的園林建設，有現代化的建築羣和設備齊全的社區，然而，它也保留着「歌仔戲」、「南曲」、「高甲戲」等具地方文化特色的戲曲。

● 排比修辭寫出廈門城市建築的現代化，而文化則顯現出傳統的一面。

說起廈門，還有南普陀、海滄大橋、萬石岩、集美學村、虎溪夜月等值得一遊。它的美麗，只有你親臨其境，才能真正地領略。

● 簡介其他景點，收束全文。

總評及寫作建議

本文主要寫了廈門的自然風光和人文歷史。

文章比較特殊的一點表現在選材和結構佈局上，沒有按照遊蹤以常見的移步換景法寫所見之景，而是按照先總後分，先物質景色後精神文化的邏輯順序來介紹廈門的方方面面，先主後次，條理分明。通常小學生寫遊記時會比較關注一些風景名勝，對於當地的歷史文化等精神層面的內容不大會涉及，本文對廈門的飲食文化（包括茶文化）、戲曲文化、租界的歷史等都花了相當多的篇幅來介紹，非常新穎。

其次，文章語言自然流暢，清新飄逸。多種表達方式的隨意組合，遣詞造句的精挑細選，成語的隨處可見，不同修辭手法的綜合運用，整句散句長句短句的交錯，無不體現了小作者在語言運用方面的深厚功力。如「在『怪坡』下放手，輪椅竟然能自動自覺地往上爬」一句，一個「竟然」寫出了小作者的驚訝與難以置信，而「自動自覺」將輪椅當作有自主意識的人來對待，將「怪坡」的神祕與奇妙準確地表達出來。如果在寫作時，大家能注意甄別不同副詞、形容詞、動詞等的表達效果，認真選擇，語言的表現力自然能夠得到增強。

只是，結尾處僅就景點作介紹，感覺稍有不足，如能對該地其他方面的文化予以介紹，則更加圓滿。

遊海洋公園

學校：聖若瑟英文小學
年級：小一
作者：莊偉鴻

作文

星期天，爸爸、媽媽和我去香港海洋公園遊玩。

早上，我們乘坐巴士來到海洋公園。一下車，我便迫不及待飛奔去排隊乘纜車到海洋館。海洋館裏有很多罕見的海洋生物，有魔鬼魚、鯊魚、海馬、鱘龍魚，還有很多不知名的魚兒圍着漂亮的珊瑚，自由自在地暢泳。

水母館裏的水母形態非常迷人。發光的水母時浮時沉地游動，好像掛在樹上的燈籠隨風擺動着，看得我眼花繚亂。

接着，我們來到海洋劇場觀

點評

● 簡要交代時間、目的。

● 寫海洋館的諸多生物。

● 描寫魚兒的動作。

● 寫水母形態。

● 抓住游動且發光的水母與樹上隨風擺動的燈籠之間的相似性，非常生動。

● 寫海豚表演。

看海豚的精彩表演。海豚們隨着輕快的音樂陸續出場，表演旋轉和跳躍，看得我目瞪口呆，太精彩了！

● 直接抒情，以自我感受側面表現海豚表演的精彩。

遊玩了一整天，我們才依依不捨地離開。海洋公園讓我增長了許多海洋知識，也令我過了愉快又難忘的一天。

● 結尾寫遊後的感想。

●「過」為單音節詞，通常用於口語，此處改為雙音節的「度過」更合乎書面語習慣。

總評及寫作建議

本文主要寫了海洋公園一日遊。

一年級的小學生能夠熟練地運用豐富的詞彙，準確地使用比喻修辭及成語，很不簡單。文字簡潔流暢，形象生動，抒情自然，字裏行間透出生活氣息和兒童情趣。難得的是文章中沒有出現廢話、空話，雖然篇幅較短，卻能突出重點。

對海洋公園三處景點的介紹簡約卻讓人印象深刻，能夠抓住對象的動作特點進行描述是小作者的成功之處，且對觀後感受的表達也非常及時和妥帖。

不過，對海豚表演的描述還可更具體，因為表演的整個過程應該是有趣的，且有不少內容可以寫。

23 登萬里長城

學校：聖若瑟英文小學
年級：小五
作者：朱家俊

作文

點評

在一個寒冷的冬天，我和家人懷着興奮的心情坐旅遊巴士去參觀萬里長城。

● 首段點出在冬日到長城。

遠遠望去，處處是一堆堆泡沫般的積雪，雄偉壯觀的萬里長城猶如一條長長的大蟒蛇在山間環繞。

● 寫長城的遠景。
● 將積雪比作泡沫。蟒蛇的比喻形象生動，突出了長城雄壯蜿蜒的形態。

我迫不及待地牽着爸爸、媽媽去到山海關。雄壯威嚴的山海關樓簷上懸掛着「天下第一關」的匾額。

● 簡寫山海關。

拍照後，我們便開始登長城。一級又一級大小高低不同的磚石，有的小得像我的腳板，有的卻高於我的膝蓋位置，我走得有點吃力。

● 寫登長城。
● 打比方、作比較的說明方法寫出磚石的具體形狀。

爸爸說昔日的<u>長城</u>有馬匹行走,所以梯級特別高。

　　幾經辛苦,我們終於到了遊客區的盡頭。站在這最高點,北風吹起了我的頸巾,看着一座座關隘城牆、樓台烽燧,我不覺心曠神怡;眺望碧波蕩漾的大海,令人豪氣頓生。長途的「登」程,令我聯想起「不到長城非好漢」這句話。我到了<u>長城</u>,自然當了好漢啊!

● 寫登上長城。

● 利用對偶修辭寫景抒情。

● 引用俗語,文字活潑。

　　<u>萬里長城</u>給我留下了豐富精彩、難以忘懷的旅遊回憶,這次的旅行使我大開眼界,更令我感歎<u>中國</u>建築的宏偉。

● 結尾抒發感想,總結前文。

總評及寫作建議

　　本文主要寫<u>萬里長城</u>的雄壯宏偉以及給小作者帶來的豪氣干雲的感受。

　　遊記必然要記所遊之地、所見之景,但又不能僅此而已,還需要有個人的體驗。或是情感,或是道理,或是趣味,也可以兼而有之。

從小作者的選材來看，先從長城的外形寫到山海關城樓、長城磚石，作為後面抒發登臨感受的鋪墊。按照遊蹤安排順序，詳略得當。語言風格質樸，抒情自然。

當然，長城包括山海關應該有很多可以敍說的歷史文化內容，它的雄偉還來源於古代勞動人民的辛勤創造。如果能在這方面補充一些材料，更能拉近與讀者的距離。

作文加油站

詞彙寶盒

絢麗	光顧	裝潢	輝煌	美譽	孕育	遼闊	秀麗
罕見	跳躍	陸續	環繞	抵達	懸掛	關隘	宏偉
百看不厭	廣闊無涯	無拘無束		心甘情願		刻骨銘心	
瞭如指掌	一見如故	不遑多讓		兼收並蓄		應有盡有	
津津有味	價廉物美	發揚光大		大放異彩		門庭若市	
成羣結隊	親臨其境	眼花繚亂		目瞪口呆		雄偉壯觀	
造型美觀	雄壯威嚴	碧波蕩漾		豪氣頓生		難以忘懷	

佳句摘賞

- 柔和的海風撲面而來，耳邊是海水沖刷海岸的聲音，猶如溫柔的媽媽在安慰孩子。

- 無論是穿西裝結領帶的，還是穿襯衣踏拖鞋的，都來光顧。

- 發光的水母時浮時沉地游動，好像掛在樹上的燈籠隨風擺動着，看得我眼花繚亂。

- 看着一座座關隘城牆、樓台烽燧，我不覺心曠神怡；眺望着面前碧波蕩漾、一望無垠的大海，我心中豪氣頓生。

寫作小錦囊

在敍述中心事件的過程中，為了促進情節的展開或刻畫人物，暫時中斷線索，插入一段與主要情節相關的回憶或故事的敍述方法，叫做「**插敍**」。

「插敍」是敍述中常用的一種方式，有助於補充襯托或照應、鋪墊主要情節，使文章的結構更嚴密，內容更充實，主題也更突出。

同學們平時要多觀察、多思考、多閱讀，在寫作中練習通過補充背景資料或利用人物的回憶、想像、語言等進行插敍，便可為文章增色不少。

互動訓練營

1. 選詞填空：

陸續	跳躍	懸掛	光顧
自由自在	價廉物美	眼花繚亂	不到長城非好漢

(1) 俗話說「＿＿＿＿＿＿＿＿＿＿」，我登上了長城，就是「好漢」了！

(2) 我經常＿＿＿＿＿＿＿這間咖啡店，因為這裏經常推出新的咖啡口味。

(3) 宴會的時間到了，賓客＿＿＿＿＿＿＿到齊，差不多開始上菜了。

(4) 這間商店的商品＿＿＿＿＿＿＿＿＿＿＿＿，所以生意一直都不錯。

(5) 鳥兒在天空中＿＿＿＿＿＿＿＿＿＿地飛翔。

(6) 大雨過後，一道美麗的彩虹＿＿＿＿＿＿＿＿在東方的天際。

2. 下列哪個句子既用了比喻法又用了排比法？

（A）站在山上，只見烏雲四合，周圍的層巒疊嶂頓時成了一幅水墨畫。

（B）雨淅淅瀝瀝地下着，像牛毛，像繡花針，像斷線的白珍珠。

（C）煙花好像豔麗的菊花，在夜空中一朵朵綻放開來。

（D）樹林裏，小鳥兒快樂地唱着歌兒。

答案：＿＿＿＿＿＿＿

3. 續寫下列句子：

（A）站在長城的腳下往上看，＿＿＿＿＿＿＿＿＿＿＿＿＿＿＿

＿＿＿＿＿＿＿＿＿＿＿＿＿＿＿。

（B）坐在茶樓裏，＿＿＿＿＿＿＿＿＿＿＿＿＿＿＿＿＿＿＿＿

＿＿＿＿＿＿＿＿＿＿＿＿＿＿＿。

（C）一到夜晚，維港兩岸＿＿＿＿＿＿＿＿＿＿＿＿＿＿＿＿＿

＿＿＿＿＿＿＿＿＿＿＿＿＿＿＿。

（D）幾經辛苦，我們終於＿＿＿＿＿＿＿＿＿＿＿＿＿＿＿＿＿

＿＿＿＿＿＿＿＿＿＿＿＿＿＿＿。

（E）是時候離開了，＿＿＿＿＿＿＿＿＿＿＿＿＿＿＿＿＿＿＿

＿＿＿＿＿＿＿＿＿＿＿＿＿＿＿。

難忘的小島——長洲

學校：聖若瑟英文小學
年級：小五
作者：朱健樂

作文

在這秋高氣爽的時節，我跟着爸爸和媽媽到長洲郊遊。

早上，我們在中環乘坐渡輪往長洲去。在悠悠的秋風吹送下，渡輪在海上悠然自在地航行。海面輕柔地起伏着，好像是熱騰騰的豆腐花，我真的想把它吃掉呢！

抵達後，我們乘坐舢舨往長洲最著名的景點——張保仔洞。原來乘坐舢舨和渡輪的感覺是截然不同的，只要波濤稍有起伏，就幾乎使我這個都市人把早點吃的火腿通粉全歸還「大地」。

據說，張保仔是一名海盜，

點評

● 點出長洲行。開頭直入主題，簡明扼要。

● 乘坐渡輪的所見所感。

● 前句擬人手法寫出渡輪的輕鬆平穩及人心的悠閒，後句比喻修辭寫出海水予人柔滑細膩的感受。

● 三、四段寫參觀張保仔洞。

● 寫出「火腿通粉」，顯得真實可信，再與上文「豆腐花」彼此映襯，更添風趣。

他曾把搶劫來的金銀珠寶暫存於此洞，以待日後變賣。而洞內漆黑一片，通道狹窄，極為潮濕。幸好爸爸準備了手電筒，不致使我們的頭顱碰在洞壁上而受傷，但金銀珠寶卻欠奉了。

● 簡約詞句從視覺、觸覺寫出張保仔洞的特點。末句輕鬆幽默。

其後，我們到達了東灣。時值秋季，我們沒有在水清沙幼的淺海中暢泳，但還是有所收穫，在海灘附近的小店處，我們品嚐到如網球般大的美味大魚蛋和別具風味的「薯塔」，最後，我們還在避風塘吃了一頓具漁港風味、美味可口的海鮮大餐。此時，饞嘴的我才明白到甚麼叫「樂不思蜀」！

● 本段寫美食。

● 比喻句寫出魚蛋之「大」，形象可感。

回頭一看，鹹蛋黃般的夕陽在遠處徐徐而下，海面粼光閃閃，美不勝收。

● 引用典故，語言簡潔含蓄。

● 比喻修辭，寫景作結，藉景抒情，回味悠長。

總評及寫作建議

　　小作者精心選擇材料，給我們展示了一次美妙的長洲之旅。

　　坐船、鑽洞、品嚐美食的三部曲讓旅行充滿了生機與活力。小作者在每部分的表現都不同，寫「坐船」採用的是景物描寫和對比手法；「鑽洞」藉助的是傳說和實地觀感，寫「美食」使用比喻修辭且引用典故，因此，在手法和語言表達上顯得精彩紛呈。

　　結構方面，開頭簡略，主體部分有詳有略，次序井然。尤其是結尾，雖沒有寫感想，也沒有首尾呼應，但藉景抒情的描寫將讀者帶入美景之中，給文章增添了清新雋永之趣。不過，如果能在寫景時點到「長洲」這一地點，則更為圓滿。

　　文章語言幽默風趣，輕鬆活潑，詞彙豐富，尤其是形容詞、副詞使用貼切，個別處文言表達準確自然，增添了雅趣。

㉕ 台北走透透

學校：嘉諾撒聖心學校
年級：小五
作者：尹樂希

作文

這夜，我收拾房間時，無意發現了一張我們一家在<u>台北</u>照的相片，不禁想起爸爸、媽媽和我在去年暑假到<u>台北</u>旅遊的愉快經歷。

<u>台北</u>有很多著名的景點，而最令我印象深刻的，就是<u>九份</u>。它位處山區，而且臨近海岸，全年潮濕多雨。媽媽和我站在山上，看到輕紗般的薄霧從山谷裏冉冉上升，我彷彿進入了蓬萊仙境。一切景物都迷迷茫茫，似真似假，為<u>九份</u>增添了神祕感。從山上眺望遠處，那風平浪靜的海面像輕柔平滑的軟緞。這詩一般的景致真教我忘卻了一切煩惱。

點評

● 開頭以照片引起回憶，行文自然新奇。

● 寫<u>九份</u>的景色。

● 以輕紗喻薄霧，將山谷比作仙境，形象生動。「迷迷茫茫」描繪景物之形象，「似真似假」表達景象予人之感，兩者交錯，讓人疑似入夢。

● 將平靜的海面比作軟緞，寫出其柔滑之感。

● 使用通感手法，以景為詩。

正當我陶醉於眼前的美景之際，身後隱約傳來一陣幽怨的笛聲。媽媽和我循着笛聲走過去，原來在九份老街裏有很多售賣陶笛的店子，而店內的職員隨時都能吹奏出曠世名曲。我發現每個陶笛的造型和顏色都獨一無二，簡直是精美獨特的藝術品呢！最後，我挑選了幾件作紀念品。

- 寫挑選出紀念品——陶笛。
- 過渡句使上下文銜接自然。
- 最好具體列舉某些造型和顏色，使讀者獲得真切的印象。

後來，爸爸、媽媽和我到九份一間老字號去品嚐當地的小吃。我吃了一碗味道濃郁的粉絲配魚丸，絲絲暖意頓時湧入心田，我感到全身都格外溫暖。

- 寫在當地品嚐小吃。
- 「濃郁」寫美食氣味口味，「暖意」寫其回味，由實而虛，由淺入深。

直到現在，這份溫馨仍然徘徊在我的腦海裏。台北之旅不但使我感受到大自然之美，而且還令我飽嚐美食。不過，最使我感到快樂的，還是能和爸爸媽媽一起共度這個愉快且難忘的旅程。

- 末段總結台北之旅的感受。
- 「徘徊」使用精妙，表達新鮮的感受。
- 末句出乎意料的轉折使文章意猶未盡，抒情意味打動讀者。

總評及寫作建議

　　本文主要寫了<u>九份</u>的自然風光和人文景觀。

　　文章首尾呼應，結構完整，行文脈絡分明，簡潔緊湊。選材精當，從自然景觀和人文風情入手寫<u>九份</u>之遊，內容充實，詳略得當。

　　對自然景觀的描寫，小作者抓住<u>九份</u>地處山區的特點，僅僅選擇山中霧氣這一對象來寫，以比喻修辭從視覺角度寫其形，再以聯想與想像手法寫其意，將似幻似真的飄渺感受傳達給讀者，強化襯托出<u>九份</u>有如仙境的印象。對人文風情的描述，從聽覺角度寫笛聲，從味覺嗅覺角度寫魚丸，但同樣寫出了其神韻意味，與前文寫景有異曲同工之妙。

　　遊記往往要表達作者獨特的感受，小作者成功地將自己的情感完全融入寫景敘事的過程中，景、事、情渾然一體。文字上追求飄逸清新，富於情韻。

夜幕下的維港

學校：嘉諾撒聖心學校
年級：小六
作者：杜曉漪

作文

金燦燦的太陽漸漸下山了，一輪明月徐徐為大地拉上夜幕，銀白色的月光灑在維港的海面上。

一陣陣微風吹過，海面上波光粼粼，銀白色的海面摻合了聳立在維港兩岸的大廈發出的激光，形成一幅如畫似錦的圖景。這深不透底的海，使人進入了無限神往的境界；這如畫的景致，使人陶然忘我，沉醉於維港的暮色裏。

那銀白色的海面和激光交織成的畫面就如一顆璀璨的明珠，把維港燃亮起來，讓她在漆黑的夜中，大放光彩。

點評

- 首段寫維港日落。
- 開篇從色彩和動作寫月，並點題。使用擬人修辭，用詞準確。

- 寫海面波光。

- 對偶修辭，直接抒情。

- 寫維港的燈光。

漸漸地，天邊呈現魚肚白色，吞吃了霓虹燈光，也吞吃了光彩奪目的維港。

● 寫維港黎明。

● 「吞吃」以擬人手法寫出晨光照耀大地的情景。

總評及寫作建議

本文主要寫維港的夜景。

儘管篇幅短小，純粹以描寫的表達方式為主，但文章間雜記敍抒情文字，語言優美，將夜幕下維港的美麗多姿表現得淋漓盡致。

文章對維港夜景的描寫集中在一個「光」字上，通過對月光、海面的波光及維港燈光的表現，寫出了維港之光及夜幕下維港的光彩，視角由上而下，再觀照全局，由點及面，立體地呈現出維港夜景的美麗。

佈局安排上，首段寫暮色來臨，尾段寫曙光初現，形成圓形結構，表現出小作者的巧妙構思。

疊詞、多種修辭手法及副詞、形容詞、動詞等的準確使用，使得語言極具華彩。

不足處是個別詞語還有重複，顯得細節處雕琢不夠，如「銀白色」、「明珠」等，否則將更為完美。

27 向中西區出發

學校：嘉諾撒聖心學校
年級：小六
作者：黃瀞萱

作文

　　一天下午，我突然心血來潮，想乘電車回家。在電車裏，我選了個上層靠窗的位置坐下。

　　微風吹拂，把我心中的煩惱也一掃而空。這時，我發現了很多自己從沒留意過的事物。<u>中環</u>、<u>上環</u>、<u>金鐘</u>及<u>西環</u>一帶雖說是商業中心區，卻保存了一些舊區的特色風貌：路邊坐了一個中年漢子，他身旁豎立的一塊紙板上寫着「電器回收，新舊亦可」；那邊傳統的中式餅店，糕點真多，價錢又划算，吃膩了西餅的我，改天一定要嚐一嚐這些中式糕點；還有「老態龍鍾」的唐樓與燈火通明的海味店，相映

點評

● 開頭簡單交代時間、地點、事由。

● 二、三段寫坐電車時沿途見到的街景。
● 由景入情，流暢自然。

● 細緻的描繪極具畫面感。

● 中西比較。

● 新舊比較。

成趣……

　　噢！不知不覺已到電車總站──堅尼地城了。過往乘巴士之際，我對身邊的景物總是毫不留心，連到了哪條街也辨不清。現在，我不但可細味沿途的景色，還可進一步了解中西區的新舊文化，這不是獲益良多嗎？

● 反問加強語氣。

　　都市人生活忙碌，很少停下來歇息、放鬆心情，他們做事往往過分看重結果，甚少享受當中的過程，最終便成了時間和金錢的奴隸。中西區的繁榮和舊文化不是共冶一爐嗎？這正給我們一個啟示：簡樸的生活及物慾的享受也應兼收並蓄，平衡發展，這樣我們才不會被「花花世界」所操縱，失去內心的平靜。

● 結尾寫出自己的見解。
● 思考都市人生活的疏漏，見解不凡。

總評及寫作建議

本文主要寫了坐車在中西區的所見所感。

如果說一般遊記文字注重寫景，本文的特色則在由寫景而探究事理，於尋常之景深入生活之理，立意新穎出奇。

文章內容充實，層次分明。小作者觀察仔細，選材精當，前半部分以對中西區場景的描寫為主，注意選擇最具有代表性的內容來表現中西區的特點，尤其是對「電器回收」者的描寫，很似一幅簡筆漫畫，寥寥幾筆便將街頭常見之景表現得惟妙惟肖。小作者對包含中西區特色的中西對比、新舊對比、傳統與現代的對比也有表現，如能在原有基礎上再補充些細節的描寫，讀者對中西區的印象將更清晰，則後文的議論也會更有依據。

在前文寫景的鋪墊之後，自然轉入抒情議論。先以思考自我的生活入手，再探討整體都市人的生活，最終順理成章得出啟示。

語言上，本文文從字順，靈活使用成語，言簡意賅，說理妥切，情感充沛。

28 韓國之旅

學校：滬江小學
年級：小五
作者：張茜婷

作文 ▶

　　每當我看到放在牀上的那隻可愛的熊寶寶，就不禁想起兩年前到<u>韓國</u>旅遊的情景……

　　那天晚上十一時，我們全家懷着興奮的心情，跟隨號稱「早機去，晚機返」的旅行團去<u>韓國</u>旅遊。次日清晨，我們便抵達了世界上最靠近海岸的火車站——<u>韓國正東津火車站</u>。

　　火車站附近是一望無際的海灘，漫步海灘，海風拂着我的臉龐，沙粒蓋着我的足踝，浪潮舔着我的雙腳……遙望遠處，只見海天一色，我彷彿置身夢境之中。

點評 ▶

● 開頭由視線所及，觸動韓國遊的回憶。

● 交代行程。

● 略寫到達火車站後在海灘漫步。

● 情景交融的手法寫景，使用排比修辭，並變換動詞寫海灘。

接着，我們來到<u>正東津</u>附近的<u>沙漏公園</u>，那裏擁有世界上最大的沙漏，裏面的沙子重達八噸，全部落完正好要一整年。<u>公園裏還散置着知名藝術家的作品，</u>真是一個富有藝術氣息的公園！我們在公園裏拍了照，還在園內紀念品店買了一個小沙漏，大家都感到很滿足。

時光飛逝，轉眼到了黃昏，大家便到<u>太陽郵輪度假酒店</u>休息。酒店座落在一個人工湖上，外形好似一艘豪華郵輪。從露台上往外眺望，感覺彷彿是在海上航行。第二天晨曦時分，我們起牀到露台上看日出，只見一隻害羞的火球緩緩地由地平線上升起，金燦燦的陽光映照着我的面龐，好美麗的日出啊！

第三天，我們到了<u>丹陽大明度假村</u>，那裏有韓國傳統的室內溫泉。泡溫泉除了有助於美容，更可舒筋活絡，消除疲勞。我最喜歡泡綠茶溫泉，它氣味幽香，令人身心

- 遊沙漏公園。
- 描述世上最大的沙漏，簡明生動。
- 公園裏有哪些知名藝術家的甚麼作品？可簡單介紹一下。

- 詳寫在酒店看日出。
- 比喻修辭寫酒店外形和太陽。「害羞」一詞暗含擬人手法。

- 尾句直抒胸臆。
- 詳寫泡溫泉。

舒適。熱氣升騰中，幽香渺渺，泡在溫泉裏讓人恍然覺得好似進入了人間仙境。

泡過溫泉，我們到一所<u>韓國泡菜學校學習製作泡菜，雖然我們笨手笨腳的，老師仍耐心地教導着我們</u>。<u>經過多番努力，我們終於成功了</u>，做出了帶有<u>韓國</u>風味的泡菜，並打算把那些做得比較正宗的泡菜帶回<u>香港</u>。

● 略寫學做泡菜。

● 動作描寫過於簡略，對製作過程可進行簡要的説明。

歡樂的時光總是過得特別快，很快，我們便要乘坐凌晨的班機返回<u>香港</u>了。當航機抵達<u>香港</u>時，我們還在睡夢中，也算是真正體驗了一把「早機去，晚機返」的樂趣！

● 首句總結，旅行結束回到<u>香港</u>，末句呼應前文。

總評及寫作建議

　　本文主要寫在韓國漫步海灘、看落日、泡溫泉和學做韓國泡菜的旅遊經歷。

　　文章以遊蹤為線索，按照時空轉換的順序，記敍了一次難忘的韓國遊，介紹了韓國的自然景觀如海灘、溫泉，及人文景觀如沙漏公園、泡菜學校。

　　本文語言質樸，但注意對詞語的選擇，尤其是個別處寫景的文字很有文采，表明小作者在精心修飾自己的語言。在抒情方式上，既有直抒胸臆的直接抒情，也有寓情於景的間接抒情。可惜的是，文中少見理性的思考。例如，學習製作泡菜後，有無其他感受？如何看待韓國的泡菜傳統？遊記文字並非單純的寫景敍事或簡約的說明，情和理如能在寫景敍事之餘各據一方天地，景、情、理的交融就會使文字獲得更高的價值。

　　另外，對於一些場面和動作，還可以多一些細節描寫，以給讀者一個清晰的印象。

作文加油站

詞彙寶盒

狹窄	潮濕	饞嘴	神秘	徑直	幽怨	悲情	曠世
造型	濃郁	溫馨	徘徊	徐徐	聳立	神往	璀璨
操縱	眺望	晨曦	恍然	正宗	熱騰騰	金燦燦
截然不同	波濤起伏	金銀珠寶	別具風味	美味可口
樂不思蜀	悠然自在	蓬萊仙境	獨一無二	波光粼粼
如畫似錦	陶然忘我	心血來潮	燈火通明	相映成趣
共冶一爐	舒筋活絡	幽香渺渺	人間仙境	笨手笨腳

佳句摘賞

- 看到輕紗般的薄霧從山谷裏冉冉上升，我彷彿進入了蓬萊仙境，一切景物都迷迷茫茫，似真似假，為九份增添了神祕感。

- 我吃了一碗味道濃郁的粉絲配魚丸，絲絲暖意頓時湧入我的心田，令我感到格外溫暖。

- 金燦燦的太陽漸漸下山了，一輪明月徐徐地為大地拉上夜幕，銀白色的月光灑在維港的海面上。

- 漸漸地，天邊呈現魚肚白色，吞吃了霓虹燈光，也吞吃了光彩奪目的維港。

- 都市人生活忙碌，很少停下來歇息、放鬆心情，他們做事往往過分看重結果，甚少享受當中的過程，最終便成了時間和金錢的奴隸。

- 漫步在海灘上，海風拂着我的臉龐，沙粒蓋着我的足踝，浪潮舔着我的雙腳……遙望遠處，只見海天一色，我彷彿置身夢境之中。

- 第二天晨曦時分，我們起牀到露台上看日出，只見一隻害羞的火球緩緩地由地平線上升起，金燦燦的陽光映照着我的面龐，好美麗的日出啊！

寫作時，圍繞寫作對象，選擇一個意義相近或相對的對象進行比較，從而突出寫作對象的特點，這種手法叫做「**比較**」。

「比較」可以豐富內容，增加文章的深度，同學們在寫作文時，要多角度思考寫作對象與比較對象的異同，從二者的相似點或對立點入手，進行比較就可以把文章寫得更加圓滿深刻。

1. 選詞填空：

饞嘴	神秘	正宗	徘徊
美味可口	樂不思蜀	相映成趣	笨手笨腳

(1) 這間小店賣的豆腐花看上去 ＿＿＿＿＿，令人垂涎三尺。

(2) 小明望着＿＿＿＿＿＿莫測的星空，心裏充滿了各式各樣的幻想。

(3) 彼得看上去＿＿＿＿＿＿，實際上做事很勤快，只是比較慢。

(4) 我一直＿＿＿＿＿＿在教員室門口，猶豫着應不應該告訴老師。

(5) 園裏的假山和水池，道旁的綠柳和鮮花，各有姿態，＿＿＿＿＿＿＿＿＿＿。

(6) 這家餐廳自稱是香港惟一的＿＿＿＿＿＿意大利餐廳。

2. 下列哪個句子運用了反問修辭法？

（A）香港的海洋公園難道不好玩嗎？

（B）北極星像指路燈，高高地掛在天邊。

（C）珠海是一個美麗的花園城市嗎？

（D）太陽像甚麼？像一個大火球，烤得樹葉都要冒煙了。

答案：＿＿＿＿＿＿

3. 續寫下列句子：

（A）走進台北的誠品書店，＿＿＿＿＿＿＿＿＿＿＿＿＿。

（B）經過幾天的北京之旅，＿＿＿＿＿＿＿＿＿＿＿＿＿。

（C）在迪士尼樂園，＿＿＿＿＿＿＿＿＿＿＿＿＿。

（D）微風吹拂，＿＿＿＿＿＿＿＿＿＿＿＿＿。

（E）當航機抵達時，＿＿＿＿＿＿＿＿＿＿＿＿＿。

29 台北之旅

學校：滬江小學
年級：小六
作者：方心宜

作文

今天，打開電視機，看到電視裏正在播放旅遊節目，我不禁回憶起去年聖誕假期和家人一起到台北旅行的愉快時光⋯⋯

那次台北自由行，我們遊覽了不少有名的景點，當中令我印象最深刻的是士林夜市。我們不僅感受到台北人熱情、愛熱鬧的性格，也品嚐到了不少獨具特色的當地小吃，食物的味道真不錯啊，而且價錢也很便宜呢！另外，炸大雞排和鹽酥香菇真是令人回味無窮啊！雖然品嚐這些美食令我又長胖了一點，但我覺得這是值得的。

抵達台北的第二天，我們去

點評

● 倒敍開頭，回憶台北遊。

● 寫夜市美食。

● 連續使用感歎句直接抒情，末句表現出作者風趣活潑的性格。

● 三、四段寫遊覽九份。

位於台北近郊的小鎮九份遊覽。由於九份位於山坡上，從觀景台欣賞對岸的景色，眼前好像浮現着一幅漂亮的水墨畫，令人歎為觀止。

● 使用借喻修辭寫對岸景色優美。

　　小鎮內有很多小型商舖，大部分是售賣台灣傳統手工藝品和食物的。我們經過一個街角時，忽然耳邊傳來輕快的笛聲，十分悅耳。原來街角有一間售賣陶笛的商舖，老闆正在吹奏陶笛。店內的陶笛全都是老闆自己動手製作的，有不同的造型和顏色。我們購買了好幾個作手信，回到酒店後還迫不及待地拿出來試吹了幾首簡單的歌兒呢！

● 未見其人，先聞其音。

● 哪些造型和顏色？可否簡略説明？

　　第三天下午，我們到基隆的野柳海岸公園遊覽。那天陽光普照，站在山崖上，看着藍天白雲點綴在一望無際的海洋上，讓人心曠神怡。岸邊的岩石因海蝕和風化，變得形狀千奇百怪，有的像海龜，有的像老鷹，有的像巨型的甲蟲，十分有趣。而這裏最有名的，是一

● 遊海岸公園。

● 「點綴」與「一望無際」寫出海洋的遼闊。

● 舉例子、打比方寫奇形怪狀的石頭。

座「女王頭」石像。遊客們都爭相為它拍照，它彷彿一位既高貴又威嚴的古代女王，正在接受臣子的朝拜。

○ 聯想與比喻寫出石頭的形狀。

第四天晚上，我們去了全球第二高的建築物——台北101大樓。大樓的外牆被打上了彩色的燈光，顯得格外美麗。大樓內的設計運用了現代最先進的技術，如使用了光纖和衛星網絡連線等，給人很高級的感覺。

○ 六、七段介紹101大樓，同時寫在八十九樓觀夜景的情景。

我們乘搭世界上最快的升降機來到八十九樓，去欣賞台北的夜景。升降機的天花板畫上了星空的圖像，會隨升降機的上升而閃動變化，令人感覺猶如置身星光下。站在樓上看下去，台北的夜景分外迷人，街市上燈光燦爛奪目，猶如星光遍佈，我和弟弟不禁用照相機拍下了這美麗的夜景。

○ 聯想手法寫升降機的燈光。

最後一天，我們去了很多香港人都會去拜訪的誠品書店。那是

○ 到誠品書店感受文化氣氛。

一所大型的旗艦書店，除了售賣圖書，還設置有美食廣場和售賣家居用品、文具精品的商店。一踏進書店，便可以看到很多人正聚精會神地閱讀，我們從中深深感受到了台灣濃厚的文化氣息。

● 一句話的描寫抓住書店最吸引人的畫面。

這次台北之旅，除了享受到美景和美食，我們也加深了對台灣風土人情的認識。

● 結尾抒發台北遊的感想。

總評及寫作建議

本文主要寫台北之旅的經歷，介紹了台北的美食、美景和人文景觀。

小作者的台北之遊品嚐到了獨具特色的飲食，欣賞到了優美的自然風光，體驗到了都市的現代化與繁華，還感受了鄉土氣息與文化氣氛，行程可謂豐富多彩，文章內容很充實。

結構佈局上，先寫出印象最深刻的內容，後文再按照時間的順序一一介紹，脈絡分明，層次清楚。當然，文章如果完全按照印象深淺的順序來介紹，也許另有一番風味。

美中不足的是，文中雖然不乏描寫，但多為簡筆，少有大篇幅集中的描寫，如能學會運用多種修辭手法、變換不同句式（對

偶、排比或長短句等），及從不同感官角度出發的描寫手法，那麼語言就會更加生動形象，而且這種鍛煉語言的過程也會使觀察的能力和思維的力度得到提高。

　　另外，很多小學生不會將語氣表達在文字中，往往是肯定語氣的陳述佔據了絕大多數篇幅，若能表達出不同的語氣，就會給讀者留下深刻印象，如小作者第二段中的感歎句就取得了較好的效果。所以，如能在文中多用問句、感歎句或否定句、雙重否定句等加強語氣，語言也會變得更具有感染力。

30 遊牛頭角下邨

學校：滬江小學
年級：小六
作者：凌頌然

作文

看新聞報導，得知牛頭角下邨——香港最後一個徙置區將於今年四月清拆，在好奇心的驅使下，我央求媽媽在農曆新年假期的最後一天帶我去遊覽。我以前曾到過不少地方旅遊，例如：大阪、北海道、東京、沖繩、首爾、北京……想不到令我收穫最多的，竟然就是這近在咫尺的牛頭角下邨。

那天，媽媽和我乘搭港鐵在九龍灣站下了車。在月台上，我抬頭一望，看見立着一座座十多層高、外牆殘舊、像積木般樓房的牛頭角下邨，和較為新式的德福廣場形成了強烈的對比。

點評

● 交代遊覽的由來。

● 將其他地方與牛頭角下邨作比較，開啟下文。

● 寫牛頭角下邨建築的殘破，為後文的議論作鋪墊。

在牛頭角下邨，我看到一對步履蹣跚的公公婆婆正在前面神情安詳地等候升降機，我上前要求給他們拍照，他們欣然答應。相片中，他們笑得非常燦爛，雖然他們居住的環境十分簡陋，但那發自內心的微笑，是那麼滿足，在今日的香港是難得一見的。

我們走進一座老舊的居民樓，沿着生鏽的樓梯扶手往樓上走。在昏暗的燈光下，長長的走廊顯得格外陰森，我心裏有點害怕，便握緊了媽媽的手。走廊兩側的牆壁已經被熏黑了，裏面的住戶都把門虛掩着，鐵閘只用布遮着，顯示出左鄰右舍的親密關係。忽然，我聽到一位女士拉開鐵閘，向鄰居說：「陳師奶，我弄了豆腐花，你和孩子們一起過來吃吧。」然後，幾個精靈活潑的小孩子從隔壁屋裏鑽出來，向她家裏跑去。他們那種鄰里之間的親密使我感到溫暖，我

● 寫為陌生的公公婆婆拍照。

●「步履蹣跚」寫出年紀老邁而動作遲緩，「安詳」與「欣然」、「燦爛」寫出他們的心態。

● 末句暗示文章的主題。

● 四、五段寫在大樓內的所見所感。

●「生鏽」、「昏暗」、「陰森」、「熏黑」等詞，描述出居民樓內的破舊，照應前文外觀的殘破。

●「放鬆」手的細節描寫與前文「緊握」的細節呼應。

緊握媽媽的手很自然地放鬆了。

住戶的門口都有個「門口土地」的木牌，媽媽告訴我，那是用來保平安的。原來這兒居民的願望這麼簡單，生活只求平安就夠了。

● 末句評論，亦點明中心。

在居民樓內轉了一圈，我跟媽媽下了樓，來到食肆的後門。看見地上淌着水，而工人正在洗菜切肉，我想：這麼惡劣的環境，怎能做出美食來呢？忽然，店內飄出一股柱侯牛腩的香味，我走到正門，只見食店內座無虛席，在「紅白藍」布篷遮蓋下的攤檔，放滿了一盤盤冒着熱氣、散發着香味的食物。攤檔老闆把外賣飯盒盛得滿滿的，顧客樂得嘴巴都合不上。我看到一位顧客一邊掏錢包，一邊說：「上星期欠你十六元，現在還給你。」老闆手一揮，大聲說：「算了吧，不用還了。」他們之間流露出的信任與毫不計較的情感，令我十分感動。

● 六、七、八段寫居民樓下不同商肆的食品及濃郁的人情味。

● 場面描寫，由食店整體寫到攤檔、食物，再寫對話，由靜而動；從視覺、嗅覺寫食物，很有感染力。

●「滿滿的」、「合不上」的細節描寫非常生動。

● 語言描寫，表現老板熱情招徠客人。

甜品店裏，花十元八塊就能品嚐到一碗滋潤的糖水，老闆亦毫不介意學生們邊吃糖水邊討論功課。潮州的「打冷」店舖也不冷清，裏面賣的滷水鵝片、鵝掌和豆腐更是令我垂涎三尺。老闆見我定睛看着食物，就問我要不要買。我告訴他剛剛吃過午飯。他說：「小朋友，你可以買外賣啊！」我和媽媽高興地接受了他的建議。

離開店舖後，我迫不及待拿出一片鵝肉吃，果然美味。我決定在清拆前再來一趟，好好品嚐這裏的美食。

這次到牛頭角下邨雖然只有短短的半天，也未能盡情品嚐這裏的美食，但是我品嚐到了濃濃的人情味。「讀萬卷書，不如行萬里路」，其實我們不需要花許多錢到外國旅遊，只要我們細心觀察，用心體會，不僅會發現身邊隱藏的風景，也會有莫大的收穫。雖然牛頭角下

● 場面描寫，很生動。

● 首尾呼應，解釋自己的最大收穫。尾段寫出牛頭角下邨帶給自己的特殊感受，並抒發了對旅遊的看法。

邨沒有聞名遐邇的美景，但在那裏
能親身體驗香港的風土人情，我覺
得更有意思。

總評及寫作建議

　　本文主要寫在牛頭角下邨體驗到的風土人情。

　　小作者選擇了非常特殊的遊覽對象——即將被清拆的老舊街
區，正如結尾所說的，並不是一定要花很多錢，一定要去外國外
地才算是遊覽，也許身邊的世界更需要我們去關注。小作者以非
凡的眼力看到舊區破敗外表之下濃郁的人情，體會到看似普通簡
陋的生活背後，人們簡單的願望和無盡的樂趣。小作者處處將貧
乏的物質外表與飽滿的精神內在相對比，因此，文章雖然選材普
通，但能從簡單的生活中提煉出毫不簡單的道理，顯得立意深刻。

　　小作者採用場面描寫和人物的動作、語言、心理、細節描寫
等為中心服務。無論細膩的描寫還是簡單的敍事，都能做到不枝
不蔓，娓娓道來。語言風格平實，但注重詞語的選擇，因此表意
暢達。在敍事描寫之後，還不忘趁熱打鐵，及時表達自己的感受，
讀來親切自然。

北京四天遊

學校：滬江小學
年級：小六
作者：陳哲淳

作文

元旦期間，我和家人去北京遊玩。才踏出機場，凜冽的寒風就給我來了個「下馬威」，北京真是太冷了！我差點被凍成了冰棒！

抵達北京的第一天，我們參觀了國家體育場——鳥巢。鳥巢由許多條鋼鐵編成，外形果真像一個鳥巢，它的內部十分寬敞，環繞在中央大型田徑場的是八萬個座位，可以想像屆時座無虛席時場內的熱鬧情景。參觀過鳥巢，我們又去了國家游泳館——水立方。遠遠看去，水立方好像一個裝了很多水泡的藍色盒子，這些「水泡」其實是一些透明的薄膜材料，整個設計非

點評

● 首段寫北京天氣的寒冷。

● 末句暗含擬人、比喻修辭手法。

● 參觀鳥巢、水立方。

● 說明鳥巢的構造、外形等，列數字寫出鳥巢容納人羣的數目。

● 以打比方的說明方法寫水立方的外形。

常切合游泳館的主題。一到晚間，由於水立方外場的「水泡」之間裝有 LED 燈，這些燈會變幻各種顏色，顯得流光溢彩、如夢如幻。

第二天，我們參觀了明清兩朝二十四位皇帝的居所——故宮。故宮氣勢宏偉，果然名不虛傳。我們從神武門——故宮的北門、現在故宮博物院的正門進入，觀賞了博物院內的許多奇珍異寶，途經太和殿，最後從南面的午門離開。走進故宮，我覺得自己好像皇帝一樣，有一種君臨天下的自豪感，往日只能在歷史書和電視劇上看到的畫面，如金碧輝煌的宮殿、秀石迭砌的假山、富有傳統韻味的亭台樓閣等等，一一真實地出現在眼前。

● 參觀故宮。

● 聯想手法寫感受。簡要列舉浮現在眼前的「畫面」，真實可信。

第三天，我們準備登上萬里長城做一回好漢。還沒有爬上長城，我就被它壯觀的外形吸引住了。長城連綿不斷，盤旋在八達嶺上，活像一條沉睡的巨龍。我好不

● 寫登長城。

● 運用比喻修辭寫長城的外形，「沉睡」寫出冬日長城的沉靜。

容易才爬上了長城，光是爬長城的台階已叫我透不過氣來，真是難以想像昔日人們是如何來來回回無數次，把石頭逐塊逐塊砌成今日的長城的，他們必定是用盡心血，艱苦萬分。我站在烽火台上，想像自己是一個保家衛國的士兵，一股激動而振奮的感情，不禁從心底湧了上來。

● 議論抒情，運用聯想寫感受。

最後一天，我們到了頤和園。頤和園是清王朝的皇家園林，曾是慈禧太后晚年頤養的花園。頤和園風景秀麗，園內的昆明湖湖面鋪了一層薄冰，著名的石舫就靠在湖邊。除了栩栩如生的石像外，頤和園還有一條富有特色的長廊，七百多米的長廊上，繪有一千四百多幅不同的彩畫，全都出自專業藝術家的手筆，彩畫上的人物活靈活現，令人讚歎不已。

● 參觀頤和園。

● 介紹頤和園的歷史，增添了人文氣息。

● 寫出湖景的冬日特點。

● 列數字説明彩畫數量繁多。

其後，我們乘坐三輪車在北京古城的胡同裏穿梭，兩旁盡是歷史

● 介紹四合院的構成、特性等。

悠久的古老建築。我們重點參觀了四合院。四合院是北京最具特色的古老住所，一般由四個房間組成，中間是露天庭院，井字形的設計能夠充分採光，而且冬暖夏涼，非常環保，住在這裏一定十分寫意。

● 「井字形」打比方形象説明四合院構造形狀；語意逐層遞進。

　　北京之遊就這樣圓滿結束了。這次旅程，我除了了解到北京的風土人情外，更欣賞到美麗的景色和宏偉的建築，最大收穫是熟悉了不少中國歷史。我希望能夠再次來到北京，造訪其他富有北京特色的景點，進一步豐富自己對祖國首都的認識。

● 結尾總結全文，抒發旅遊感想，表達自己的願望。

總評及寫作建議

本文主要寫了北京四天遊的經歷，既介紹了首都的歷史建築和現代建築，也介紹了其間蘊含的歷史文化內涵。

小作者按照時空轉換的順序，以移步換景的方法寫了多日北京之遊。文章選材豐富，內容充實，體現了北京的建築特點。選材雖然無一例外都是建築，如現代建築——鳥巢、水立方，傳統建築——故宮、長城，皇家園林——頤和園，百姓居所——四合院，但小作者結合歷史文化背景，寫出了不同建築的不同特色和風貌，以及參觀的不同感受。

語言上，文章恰當使用熟語、修辭等潤色語言，用詞準確，簡明扼要，讀來十分順暢。小作者還採用多種說明方法來介紹各個景點，如打比方、列數字、作比較等，且資料詳細清楚，說明有序。

美中不足的是，文章說明文字過多，缺少細膩的描寫和翔實的敘事，讓人感覺似乎在讀導遊詞，少了生動活潑的力量。好在文中部分語句融入了情感，如開頭小作者感受到的寒冷讀來真實可信，站在長城上的聯想也很富有感染力，這些多少彌補了描寫不夠和敘事不詳的缺點。

32 海洋公園一日遊

學校：寶血會嘉靈學校
年級：小六
作者：張曉彤

作文

點評

　　上個星期天，爸媽帶我到海洋公園遊玩，一嚐親近海洋生物的滋味。

- 開門見山，寫爸媽帶自己去遊海洋公園。
- 「一嚐⋯⋯滋味」，隱隱將海洋生物喻為食物，生動形象。
- 詳寫探望大熊貓的情景。

　　當天早上，我興奮地走進海洋公園。首先，我們到大熊貓園探望那幾隻可愛的大熊貓。剛巧大熊貓盈盈和樂樂正在吃竹葉，這還是我第一次看到大熊貓吃東西，只見牠們把碧綠的竹枝抱在懷裏，歪着腦袋左啃右咬的，吃得津津有味。

- 描寫大熊貓吃竹子的樣子，十分生動有趣。

　　離開大熊貓園後，我們到了兒童王國。記得在我低年級的時候，媽媽曾經帶我來玩「蛙蛙跳」，當時我害怕極了，抱着媽媽的腿動都不敢動一下。雖然現在再

- 寫到兒童王國遊玩。
- 聯想手法寫回憶，再通過今昔對比，寫出了幼時和現在遊玩感受的不同。

玩已經沒有當時又怕又想玩的感覺了，但是幼時玩樂的情景，猶如電影畫面一樣，在我腦海中一幕幕重播出來……

午後，我們乘登山纜車向山頂進發。坐在纜車上，附近海旁的景色盡收眼底，一陣陣海風吹來，我感覺又輕鬆又涼快。

● 略寫坐登山纜車的感受。
● 從視覺、觸覺角度寫景。

抵達山頂後，我們興致勃勃地參觀神奇的海洋館。在那兒，透過玻璃，我們可以從不同角度欣賞到形態各異的海洋生物：有色彩艷麗的珊瑚，有筷子一樣的鰻魚，有像穿着薄紗裙的水母，有機靈可愛的小丑魚，有不緊不慢划水游動的海龜，還有好多好多我叫不出名字的海魚，看上去千奇百怪，令人驚異得說不出話來。

● 詳寫參觀海洋館。

● 舉例說明，並運用比喻、擬人、排比的手法，寫出了海洋生物的特點。

● 通過遊人的反應，側面表現海洋館的神奇。

最後，我們玩了刺激無比的機動遊戲，每一種遊戲都令我回味無窮。

● 略寫玩機動遊戲。

黃昏時分，我依依不捨地跟海洋公園揮手道別。這一天的快樂情景，我將永遠收藏於內心深處。

- 結尾寫依依不捨地結束遊玩。
- 「揮手道別」將海洋公園幻化作人，表現出自己的不捨。

總評及寫作建議

本文主要寫在海洋公園遊玩的情景。

本文最大的亮點是細節處的詞語錘煉出色，首尾均有暗含比喻的句子，因此文字內涵變得很豐富。

在寫作技巧上，對於不同的對象，小作者採用了不同的手法，或直接描寫，或抒發感受，或簡略說明，或使用聯想、比喻、擬人的修辭手法，多角度地表現出海洋館的特點。

在結構上，文章所涉及的景點雖多，但小作者寫出了景點的各自特色，處理材料時有詳有略，重點突出，佈局合宜，整體結構十分緊湊。

遊迪士尼樂園

學校：寶血會嘉靈學校
年級：小六
作者：蔡嘉賢

作文

上個星期六，爸爸媽媽帶我和妹妹到迪士尼樂園遊玩，我們度過了快樂的一天。

那天，我們興奮地乘車到了迪士尼樂園，踏進大門，大家立即眼前一亮，路旁是一排排燈柱，上面鑲嵌着卡通人物的牌子，一下子就把我們帶到了童話世界。

進入樂園，我們被充滿懷舊氣氛的美國小鎮大街迷住了。這是仿照美國二十世紀的典型小鎮設計的，處處洋溢着懷舊氣息和美國風情。這條街是樂園的商業區和購物中心，因此街上一直遊人如鯽。我們可以看到很多有特色的商店，

點評

● 開頭簡要交代遊玩的時間、人物、目的地。

● 略寫路旁的燈柱。

● 描寫細緻，特點突出。

● 詳寫充滿懷舊氣氛的美國小鎮大街。

有售賣西式甜點的，有售賣紀念品
的，比如米奇的魔術帽、茶杯、水
壺、書包、手袋等等，真是應有盡
有。街道上不時還有古董巴士行
駛呢！

　　出了美國小鎮大街，我們就
到了明日世界。這裏有很多有趣的
機動遊戲：「飛越太空山」、「馳車
天地」、「幸會史迪仔」等。其中
不能不提的就是「馳車天地」了，
它可以讓你在「明日世界」的高速
公路上飛速馳騁，盡情享受風馳電
掣的快感。

　　當你看見迪士尼樂園的地標
——「睡公主城堡」時，穿過大門
就是幻想世界了；當你走進「幻想
世界」，就彷彿進入了一個夢幻國
度。這裏有很多充滿童話色彩的機
動遊戲：「小小世界」、「小飛象旋
轉世界」、「灰姑娘旋轉木馬」……

　　最值得一試的就是「小小世
界」了。這個機動遊戲是一個滿載

● 列舉例子，說明很詳細。

● 略寫「明日世界」。

● 「風馳電掣」寫出了玩馳車天地的感受。

● 五、六、七段寫「幻想世界」。

● 對偶句式，寫出了「幻想世界」給人的夢幻感覺。

● 概括介紹大部分機動遊戲後，再選擇一個進行

歡樂、猶如<u>迪士尼</u>童話世界的水上之旅。我們乘着小船，先進入冰天雪地的「北極」，便看到小鹿斑比在雪地上滑行；接着進入風景優美的「歐洲」，可以看到灰姑娘、王子在翩翩起舞；經過「非洲」，可以看到《獅子王》裏的那些動物正守護着大森林；在「亞洲」，我們可以看到花木蘭正在放風箏……

除了能夠看到各種只有在童話王國裏碰見的童話人物，沿途我們還可以聽到不同種族的小朋友用粵語、普通話、英語等各種語言，演繹熟悉悅耳的歌曲──《世界真細小》。

接着，我們來到最後一個主題區──「探險世界」。進入探險世界，將會有一連串驚險刺激的活動等待着你，活動包括「獅子王慶典」、「<u>泰山</u>樹屋」、「森林河流之旅」、「歷奇噴水池」等。

重點說明，敍述點面結合。

● 運用排比，寫出了「小小世界」的神奇，十分具體生動。

● 八、九段寫「探險世界」。

在「泰山樹屋」這個遊戲中，你可以爬上樹屋探索這個「人猿之王」的傳奇故事，並在樹下一間互動式遊戲室內進行實驗或彈奏樂器。

● 會探索出甚麼內容來呢？可否舉例說明？

晚上九時，「星夢奇緣」煙火匯演準時開始了。城堡上方騰起五彩繽紛的煙火，令人目不暇給。

● 略寫煙火匯演。

終於，離開樂園的時間到了，我一步三回頭地走出樂園，心裏期待着能有機會再來這個充滿歡樂氣氛的主題公園。

● 結尾抒發願望，希望能夠再來樂園。

💡 **總評及寫作建議**

本文寫了遊玩迪士尼樂園的經過。

小作者以遊蹤為線索，依次對迪士尼樂園的景點作了介紹，語言流暢，內容主次分明，條理清晰。

文中略寫的部分語言簡潔明晰，中心鮮明，如第二段寫燈柱，突出了童話世界的特點，倒數第二段寫煙火匯演，突出了煙火的五彩繽紛，均言簡意賅，令人印象鮮明。

在詳寫的部分，小作者不僅多次使用舉例子的說明方法羅列

所見到的景觀景點，還運用多種寫作手法，對一些自己感興趣的景點進行了具體細緻的描寫。如寫美國小鎮大街，小作者通過細節描寫，突出了大街具有懷舊氣氛和美國風情的特點；寫「小小世界」，小作者運用排比手法，描寫了遊玩過程中的所見所聞，令人讀了彷彿身臨其境。

　　遊記不只是記敘與說明，多種表達方式，尤其是描寫的運用是非常必要的。另外，小學生寫遊記作文往往容易用主觀感受的表述，如「好可愛」、「好好玩」等，來代替對寫作對象的具體描寫，這樣純粹注重自我感受的表達，只能間接表現對象。因此，同學們寫遊記時，要注意對事物進行仔細的觀察，盡力將準確真實的現象展現在讀者面前，否則會給人空洞和單調的感覺。

作文加油站

詞彙寶盒

咫尺	殘舊	欣然	陰森	凜冽	寬敞	環繞	盤旋
壯觀	造訪	進發	懷舊	探索	彈奏	古董	漫步
氣派	下馬威	金碧輝煌	千奇百怪	高貴威嚴	聚精會神
風土人情	摩天大樓	步履蹣跚	難得一見	精靈活潑
垂涎三尺	異口同聲	燦爛奪目	名不虛傳	氣勢宏偉
奇珍異寶	連綿不斷	保家衞國	風景秀麗	活靈活現
栩栩如生	歷史悠久	流光溢彩	如夢如幻	回味無窮
揮手道別	形態各異	色彩豔麗	機靈可愛	不緊不慢
盡收眼底	滿載歡樂	風馳電掣	冰天雪地	翩翩起舞

佳句摘賞

- 才踏出機場，凜冽的寒風就給我來了個「下馬威」，北京真是太冷了！我差點被凍成了冰棒！

- 我走到正門，只見食店內座無虛席，在「紅白藍」布篷遮蓋下的攤檔，放滿了一盤盤冒着熱氣、散發着香味的食物。攤檔老闆把外賣飯盒盛得滿滿的，顧客樂得嘴巴都合不上。

- 岸邊的岩石因海蝕和風化，變得形狀千奇百怪，有的像海龜，

有的像老鷹，有的像巨型的甲蟲，十分有趣。

● 只見牠們把碧綠的竹枝抱在懷裏，歪着腦袋左啃右咬的，吃得津津有味。

● 有色彩豔麗的珊瑚，有筷子一樣的鰻魚，有像穿着薄紗裙的水母，有機靈可愛的小丑魚，有不緊不慢划水游動的海龜，還有好多好多我叫不出名字的海魚，看上去千奇百怪，令人驚異得說不出話來。

● 我們乘着小船，先進入冰天雪地的「北極」，便看到小鹿斑比在雪地上滑行；接着進入風景優美的「歐洲」，可以看到灰姑娘、王子在翩翩起舞；經過「非洲」，可以看到《獅子王》裏的那些動物正守護着大森林；在「亞洲」，我們可以看到花木蘭正在放風箏……

寫作小錦囊

　　寫作時，根據事物之間的某種聯繫，由一項事物想到另一項相關的事物進行敍寫，這種寫作手法叫做「聯想」。

　　聯想是寫作不可缺少的一種手法，同學們如能恰當地運用聯想，可以使思維更活躍，眼界更開闊，文章更充實，語言更生動。但聯想是建立在豐富積累的基礎上的，同學們平時必須重視對生活、對知識、對情感的積累，這樣才能熟練地使用這種寫作手法。

 互動訓練營

1. 選詞填空：

懷舊　　　　壯觀　　　　漫步　　　　彈奏

風景秀麗　　　名不虛傳　　　活靈活現　　　風馳電掣

(1) ＿＿＿＿＿＿＿沙灘，涼風拂面，我覺得十分寫意。

(2) 這幅畫＿＿＿＿＿＿地展示了駿馬在草原上奔騰的畫面。

(3) 盛傳張家界山水很美，親臨其境一看，果然＿＿＿＿＿＿
＿＿＿＿＿＿。

(4) 這張唱片收錄了十二首經典＿＿＿＿＿＿＿＿金曲，不少
長者十分喜愛。

(5) 一輛救護車＿＿＿＿＿＿＿＿＿地趕往事故現場，以最快
的速度救人。

(6) 經過反覆的練習，我終於能流暢地＿＿＿＿＿＿＿這首
曲子了。

2. 下列哪個句子沒有運用擬人修辭法？

（A）海浪真是一個偉大的雕刻家，把岸邊的礁石雕刻出各種
奇怪的模樣。

（B）雪花紛紛揚揚地飄向大地，在風中翩翩起舞。

（C）悠揚的笛聲像一股清泉流進我們的心裏。

（D）春風輕輕吟唱着，喚醒了沉睡的大地。

答案：＿＿＿＿＿＿

3. 續寫下列句子：

（A）迪士尼樂園的小鎮大街充滿了美國風情，＿＿＿＿＿＿＿＿

＿＿＿＿＿＿＿＿＿＿＿＿＿＿＿＿＿＿ 。

（B）我期待已久的日子終於來了，因為＿＿＿＿＿＿＿＿＿＿＿

＿＿＿＿＿＿＿＿＿＿＿＿＿＿＿＿ 。

（C）香港的夜景分外迷人，＿＿＿＿＿＿＿＿＿＿＿＿＿＿＿

＿＿＿＿＿＿＿＿＿＿＿＿＿＿＿＿ 。

（D）抵達山頂後，＿＿＿＿＿＿＿＿＿＿＿＿＿＿＿＿＿＿＿

＿＿＿＿＿＿＿＿＿＿＿＿＿＿＿＿ 。

（E）那天，我們吃過午飯後，＿＿＿＿＿＿＿＿＿＿＿＿＿＿

＿＿＿＿＿＿＿＿＿＿＿＿＿＿＿＿ 。

答案

作文加油站（一）

1（1）俯瞰　（2）歎為觀止　（3）遠眺　（4）五彩繽紛　（5）搖搖欲墜
（6）雄壯

2 A

3.（參考答案）

（A）在海洋公園，我最喜歡觀賞海洋劇場的動物表演。

（B）第一次在海邊看夕陽，我看到大自然的奇妙和偉大。

（C）如果每一個人都能夠真心熱愛大自然，愛護大自然的一草一木，人類的
生活就會更美好。

（D）去年暑假，我和家人一起回家鄉探望外婆。

（E）黃昏時分，我們到碼頭乘船回到香港。

作文加油站（二）

1（1）形態各異　（2）心曠神怡　（3）璀璨　（4）佇立　（5）你追我趕
（6）挑戰

2 D

3.（參考答案）

（A）透過清澈的海面，可以看到水底下的魚兒游動。

（B）沙灘上擠滿了來看海、拾貝殼的人群。

（C）走進茂密的熱帶雨林，我看到罕見的野生動物。

（D）儘管依然有雨，我們仍照原定行程出發到長洲觀賞飄色巡遊。

（E）緊張的心情還未平復，我們又接着去玩下一個機動遊戲。

作文加油站（三）

1（1）遠近馳名 （2）温馨 （3）津津有味 （4）刺激 （5）造型別致
（6）黑壓壓

2 C

3.（參考答案）

（A）煙花匯演開始了，只見天空開出一朵朵火紅的花朵，燦爛非常。

（B）坐過山車的感覺真奇妙，我的心情又害怕又期待。

（C）走進故宮，入眼的是一座座金壁輝煌的宮殿，令我感受到歷史的偉大。

（D）我們興致勃勃地討論畢業旅行的計劃。

（E）如果有機會，我希望去不同的國家旅行，感受各地的風土人情、歷史
文化。

作文加油站（四）

1（1）世外桃源 （2）膽怯 （3）舉目四望 （4）寄託 （5）七嘴八舌
（6）神奇

2 A

3.（參考答案）

（A）欣賞海豚、海獅的精彩表演時，觀眾們都歡呼拍手稱好。

（B）大熊貓十分可愛，只見牠們慢條斯理地將竹子又啃又咬，吃得津津有味。

（C）經過幾天艱苦的訓練，我們的體能都進步了很多。

（D）公園裏有一片綠色的草地，草地綠油油的，踏上去軟綿綿的。

（E）快樂的時光總是過得特別快，但這次旅程給我們留下了十分美好的回憶。

作文加油站（五）

1（1）不到長城非好漢 （2）光顧 （3）陸續 （4）價廉物美 （5）自由自在
（6）懸掛

2 B

3.（參考答案）

（A）站在長城的腳下往上看，好像一條巨龍俯伏在大地。

（B）坐在茶樓裏，看到茶客都在交頭接耳地聊天，十分熱鬧。

（C）一到夜晚，維港兩岸開始了大型的燈光匯演，絢爛非常。

（D）幾經辛苦，我們終於到了山頂，準備欣賞壯麗的日出。

（E）是時候離開了，我們懷着不捨的心情踏上回家的路。

作文加油站（六）

1（1）美味可口 （2）神秘 （3）笨手笨腳 （4）徘徊 （5）相映成趣
（6）正宗

2 A

3.（參考答案）

（A）走進台北的誠品書店，頓時感受到濃厚的文化氣息。

（B）經過幾天的北京之旅，我深深體會到祖國文明的偉大之處。

（C）在迪士尼樂園，我跟米奇老鼠還有唐老鴨拍下照片留念。

（D）微風吹拂，柳樹的枝條輕輕擺動，為我帶來一陣清涼。

（E）當航機抵達時，我們都懷着興奮的心情下機。